U0677442

主编 凌翔

当代作家作品精选·散文卷

阳光拂过草原

高彩梅 著

北京日报出版社

图书在版编目（CIP）数据

阳光拂过草原 / 高彩梅著. — 北京：北京日报出
版社，2022.5
ISBN 978-7-5477-4213-6

Ⅰ.①阳…　Ⅱ.①高…　Ⅲ.①散文集－中国－当代
Ⅳ.①I267

中国版本图书馆CIP数据核字（2021）第255524号

阳光拂过草原

出版发行：北京日报出版社

地　　址：北京市东城区东单三条 8-16 号东方广场东配楼四层

邮　　编：100005

电　　话：发行部：（010）65255876

　　　　　　总编室：（010）65252135

印　　刷：北京军迪印刷有限责任公司

经　　销：各地新华书店

版　　次：2022 年 5 月第 1 版

　　　　　　2022 年 5 月第 1 次印刷

开　　本：710 毫米 × 1000 毫米　1/16

印　　张：13

字　　数：200 千字

定　　价：59.80 元

版权所有，侵权必究，未经许可，不得转载

苦难酿成的人性美

——谈谈高彩梅的散文

刘成章

　　高彩梅是出身于陕北的女性散文家。但是在这里，这样的表述太笼统了，很难把人引向她的作品特质。所以我要说得稍微具体一些：高彩梅出生在一个偏远的乡村，村子叫作吧吓采当。这名字充满了异域情调，因为它处于陕蒙交界处，村名是蒙语。村西是一望无际的沙漠，间或长着些沙柳；村东是一望无际的草滩。彩梅的家乡，老黄风频频横扫，土地十分贫瘠，孩子一出生就面对着艰辛和苦难；然而民风淳朴，人情味浓烈，闪烁着农耕文化和游牧文化交融的特异光彩。由于幼时的生活境遇和经历，高彩梅用笔道出的苦难，真切、到位。假如换另一个作者，即使他挖空心思也无法写出。但是，彩梅不是仅仅写出苦难，而是写出了苦难中蕴含的欢乐和诗意，以及苦难所磨砺出的异乎寻常的醇美人性，以及绝唱一般的不朽亲情。

　　先看看她写出的苦难吧。在我们华夏这至为边远的一隅，千百年来，只要有苦难，妇女首当其冲。苦难是一口黑咕隆咚的古井，妇女在最下层，受的苦难最为深重。彩梅的姑姑，可谓漂亮手巧，能做一手好茶饭、能剪一手好窗花，却嫁给一个好吃懒做的丈夫，全家的生活重担，几乎都落到她一个人身上。她每年要喂好几头猪、上百只羊，一双操劳不息的手，早已变成了铁耙，伸不直了，连筷子都握不住；双腿巨疼，睡觉也无法把腿伸直，每年都在病痛的折磨中度日。彩梅兄弟姐妹四人，家里沿袭着重男轻女的古旧习俗，母亲只给大弟吃奶糕、穿袜子，没有她们的份。母亲怕她们偷吃，把奶糕挂上房梁，彩梅和妹妹多么想吃，却怎么也够不着。一次，弟弟喝的牛奶不慎泼到地上，母亲才把它揽起过滤了一下，给这对小姐妹喝。即使这样，这对小姐妹也高兴坏了。彩梅笔下写得很从容，字里行间却浸透悲凄。彩梅为减轻家庭负担，与邻居女孩相约放羊，准备当个小牧羊女，为抗拒母亲把书包撕破了，母亲又急又气，含泪把她扔进洋芋窖。后来，母亲只得卖了她的大辫子，才给彩梅买了书包和新衣。但在处于苦难中的彩梅的眼里，一切都是那么美好，简直像伊甸园一样。"南北走向有上千户人家，绿树下红瓦蓝墙。傍晚，鸡鸣狗叫羊咩，一片祥和暮景。早晨，太阳一树高，鸟叫，羊群出圈，有吆喝牛马的声音，家家户户炊烟升起。""我时常牵着牛赶着羊，在村子东边绿茵茵的草地放牧，感到天那么蓝，草地那么辽远。"

彩梅笔下的外祖父和祖父，在苦难中煎熬了一生，也没向苦难求饶，苦难反而铸就了他们崇高的内心世界。

当彩梅的母亲怀上小妹妹时，出于无奈，就把彩梅寄养到外祖父家。那时外祖母早已去世，外祖父便独自承担了抚养彩梅的责任。这个总是穿着大裆裤、腰间束根羊毛带的陕北老人，年轻时是个优秀的猎人，现在老了，却怀有一腔柔情。每天晚上，当彩梅哭叫着要妈妈时，他便把他的一个老男人的奶头，塞到彩梅的嘴里，让彩梅吸吮。天长日久，外祖父的奶头，居然被咂大了，如妇女的一样。而实际上，彩梅也真被喂饱了，因为外祖父总是把南瓜小米粥喂给她吃。待彩梅长大一些，为了改善彩梅的伙食，外祖父不顾年老眼花，又重操年轻时使用过的猎枪，为彩梅打下麻雀，又燃起柴火烤熟，让她吃得满嘴流油、喜笑颜开。

彩梅的祖父，是彩梅笔下的一个光彩夺目的伟大人物。在华夏广袤无垠的大地上，曾经传颂过多少感人的故事，却没有任何一个与此相同或近似。彩梅将此熔铸为文，无疑是对文学的独特贡献。比起外祖父，祖父的生平更令人心酸，他一生坎坷，命运多舛。他七岁便给地主放牛羊，长大后也没过过多少好日子。他中年丧妻。于是他的四个孩子，和两个年幼的弟弟，都要他一个人养活和照管。作为一个常年在地里耕耘的男人，他的手上还常年戴着顶针，给儿女们和弟弟们缝缝补补。

有一件最感人的事情。祖父的四弟结婚时，好歹也应该给新娘子缝上一身新衣，然而家里穷得叮当响，无钱买布，全家人一筹莫展，唉声叹气。这时祖父不想让四弟心上流血。于是，他背了一斗小米，风餐露宿，跋涉了九天九夜，赶到佳县白云山兑成钱，买回了布料。然而，他的脚上磨出了血泡，好多天连路都走不了。祖父这种兄弟之间的深厚情谊，比得上母子之情，也比得上夫妻之情，光照寰宇。彩梅笔下的这种传统美德，很值得大力提倡。由此可以看出彩梅的这一批散文的价值所在。

除此之外，彩梅还写了一些别的题材的散文，有的也写得相当精彩，比如《一个人的牡丹园》《红碱淖》等。彩梅还承担着繁重的散文编辑工作，写了大量的评论文字。我以为，仅仅彩梅笔下写出的那些苦难，那些诗意，那些像启明星一样照亮人心的古风古意，人类至情，旷世美德，就足以使她稳稳地立在散文界了。

作者简介：刘成章，当代著名散文家，国家一级作家。曾任陕西省出版总社副社长。现任陕西省作家协会党组副书记、副主席，中国作家协会会员。代表作散文集《羊想云彩》获首届鲁迅文学奖。

金黄的声音在秋天飘荡
——为高彩梅《阳光拂过草原》而序
史小溪

算起来，认识高彩梅已有十几年了。

那时，祖籍陕北、跑到内蒙古打工的刘志成，苦苦打拼，生存和创作终有点"日出东海"的亮彩了。刘志成上高中就常给我们刊物投稿。初识时他信心满满，正在忙于构建中国西部散文大厦，为西部散文学会成立奔波。西部的散文家都遥相呼应，支持他的高远志向。我就这样认识了志成的妻子高彩梅。那时，她静静的，言语不多，每次活动，只是默默地辅助刘志成和学会，做一些具体的、鞍前马后的事情。以后，在各地的西部散文活动、创作研讨中：在鄂尔多斯；在陇南、兰州；在日月山、青海湖、德令哈；在陕北神木、榆林；在敦煌、玉门关、嘉峪关；在边陲呼伦贝尔草原；在昆明、楚雄、元谋……便更了解她了。我知道她在单位的工作之余，一直在默默写作。

文友都说在他们夫妇的操持下，西部散文学会的工作风生水起，生机无限。这评价是极公允的。

那一年，最早看到她写出《西部散文60年》一文，我很是惊讶，说真的，就那洋洋一万几千字的学术性评述文章，绝不是一般人能轻易拿出手的。它应该是专家、学术部门做的事情！可以想见她在卷帙浩繁的书堆中做了何等努力。这篇文章理所当然引起了散文界的注意，引起了西部散文家的热议。几年前，又看到她的第一本散文集《客居城市的玉米》出版。她曾嘱我给她写个小序，我当时因为手头正编撰着其他的东西而未成。现在她的这本集散文、游记、随笔、评述、鉴赏于一炉的第二本散文集《阳光拂过草原》又将付梓，我很欣慰，应允这个序由我来写。毋庸置疑，高彩梅已经是当代西部散文队列中一位有特色、有代表性的散文家了。江湖已远，属于一代人的风华已成了一种记忆，但千帆竞发，年轻的一代西部文友们正长风破浪走在路上。

阅读最大的理由是摆脱平庸。现在打开她的书稿，金黄的声音，在秋天金黄的阳光里飘荡。

早在 1500 年前，南朝的刘勰在他的不朽巨著《文心雕龙》中就把"神思"（神与物游、情物妙合）、"情采"（文采服务于情志）作为文之经略。他指出神思"思接千载，视通万里""情以物兴""登山则情满于山，观海则意溢于海"。

我很感怀高彩梅散文中的情深、意远和广阔的境界。她的一组"阳光拂过草原"，是最美的鲜花草原，她笔下洋溢着内蒙古草原丘壑海子草甸鲜花，蓝天白云奔马羊群，构成一幅壮美丰腴的草原盛景。

你看塞北萨拉乌苏河绿海荡漾的巴图湾（无定河在内蒙古流域的一段）：

"巴图湾是两只泛绿的宝石。轻烟笼翠，有一种静谧、超尘境界。去过巴图湾的人都知道，它在内蒙古自治区最南端、鄂尔多斯市西南部，地处毛乌素沙地腹部的万顷黄沙里，深藏一条碧玉般的河流，这就是美丽的萨拉乌苏河。她是黄河母亲的一条镶着绿边的金色带子。巴图湾，是萨拉乌苏河即无定河流入鄂尔多斯境后的那一段，地绿天蓝、碧水金沙、天然飞瀑、湖流渔猎、湾连着湾。这里广袤的大草原水草丰美，浩瀚苍茫的毛乌素沙地金色耀眼，一碧千顷的原始沙地柏丛林葱茏欲滴，兼具了大漠粗犷与水乡秀丽的美景。这里人烟密集，阡陌相连，中华鳖闻名遐迩，鲤、鲫、鲢、草直"鱼翔浅底"，被称为鄂尔多斯的'鱼米之乡''花果之乡'。"

她写遥远的《青海茶卡天空壹号的诱惑》：

"当我的脚踏上通往湖深处的钻石沉水栈道时，已经是上午9点多了。蓝天在我的脚下，白云在我的裙边。凝眸，我瞧见自己，一个独一无二的我！天地融合，似乎整个世界只能听到自己的呼吸声，自己融入了这神话般的世界。伸手可触的高原蓝天，宏伟的景象，向我展现一片和平气象。是内心的平静，是对那永恒的安宁与幸福的无限展望，不掺杂一丝忧悒和恐惧，已铭记于心，成为我心中的象征，我仿佛更接近天堂！"

从塞外萨拉乌苏河到大西北的青海茶卡，从毗邻的也是她自幼长大的陕北黄土高原"那片燃烧的太阳海"，到晋南"太行首冲""夏桀王迁都于垂"的高都镇，又到齐鲁中部连绵起伏的香山，她的艺术境界可谓宽广。

群山溪流，山泉潭瀑，村镇街坊……那里的自然、人文和历史，都渗入了她的散文世界。描摹的画面或雄浑、冷峻、辽远，或开阔、和谐、恬淡，却都承载着高昂的生命力量，显得那么绰约生姿。

法国伟大雕塑家奥古斯特·罗丹有一句著名的话："艺术就是情感。"古人论及创作时，曾谈到"韩潮苏海"，意思是韩愈的文章感情像潮水一样奔放，而苏轼的文章感情则像海浪似的澎湃。可见，"情"是洋溢在文章中绝不可少的经纬，作者"由情生文"，而读者"由文生情"，情至而文生，才能引起读者的情感共鸣。

高彩梅的散文集《阳光拂过草原》，开章《一个人的牡丹园》中，将个人的温情与令她欣喜的塞北地域的牡丹园诗性地相融：锦团簇拥、香云缭绕的牡丹园，洁白、粉红、璨黄、深紫，五彩缤纷的牡丹，撩动她的情思。而当看到那些早开的花，已在风雨吹打中凋残零落一地，顿时一种怜悯和隐隐的忧伤涌上心来，表现出作者真挚的感情。

就是阳台上偶尔从缝隙里钻出的一株瓜秧，也被她赋予不凡的声响：今年雨水多，阳光充足，像豆芽一样纤弱的茎秆，有几片小小的叶子，一抹浅浅的绿，如一首朦胧的诗，积淀着不凡的生命精神：卑微、倔强、鲜嫩，坚强地从牙签宽的缝隙中钻出来。瓜秧越长越长，翡翠似的茎秆，托举着金灿灿的小花，闪烁着生命的色彩和坚韧的光芒。她感慨："城市无情地吞噬着纯朴的乡土，这棵瓜秧本应根系深扎泥土，自由畅快，尽情地享受阳光雨露、蝶蜂嬉戏。然而它绝处生根、发芽、开花，将极其卑微的生命书写成了一轮暖阳。"

联想新奇，寓意深刻。是的，当代许多来城市的异乡人、打工族、蜗居者，在这里生长着，也苦苦挣扎着，作者对此怎能不别有一番滋味在心头呢？

看着古镇被岁月熏染的瓦青色石的四合院，行走在距今已有三百多年历史的老街区狭窄而干净的小巷，宁静的色调里，就有了一种温暖、舒适的沧桑之感，行人仿佛游走在时光的深处。记住乡愁，保护古镇、古村落，首先是为了保存祖先留给我们的精神财富、文化元典精髓和生活哲学。

但是，现在纯商业化运作的旧城开发，致使老四合院只剩躯壳，成了商业气息浓重的景区摆设！她沉郁地写道：老四合院已失去了原本的文化生命力！可以说，这一声喟叹，赋予了很深的理性思考，也启迪人们丰满的心智。同时说明，高彩梅的这类抒情散文有生命高度也有精神维度，已达到了令人赏心悦目、瞩目相看的层次。

高彩梅自幼浸淫成长在陕蒙边地的乡村，直至少年青年。乡村纯朴传统的古韵遗风影响了她，给她以不能忘却的记忆。在她的"漾动的乡愁""斑斓的印痕"小辑里，都写到故乡的许多人物：祖母、母亲、姑姑、祖父……这些也可以看作人物散文。她的这类东西，接地气，有味道，有温度。她对故土的眷恋和对逝去乡村的娓娓讲述，既激起作者沉睡的乡愁，也牵动读者久违的绵长情感。

清明祭拜的风雪中，她脑际幻化出外祖父慈祥的面容："清瘦的脸颊，颧骨高高凸起，头上扎着白羊肚手巾，大裆裤腰间束根羊毛带，带上插一尺多长的旱烟杆——外祖父蹒跚地向我走来。外祖父啊，我是梅子！我哭喊着……"

无疑，她的乡村情结也是她的精神家园。作为整个青少年时期在乡村长大的人，和故乡故土有着千丝万缕、难以割舍的亲情联系、精神联系。她回望家园，从同学口里听到的，自己看到的，往昔的残缺印象和片段，挖掘自己的童年记忆：对乡土淳朴品德与美好传统的留恋赞叹；对当下农村变化中价值观的变化，乡土精神与道德伦理悄然失落、衰败的伤感；对农村的凋零萧条、乡村社会空巢化危机的忧虑和叩问，乃至审视。她渴望乡土的陶冶、熔铸与精神再造。一篇篇，都在展现当下乡村乡民的状况情态，诉说一个关于乡村的真实沉重的话题。

高彩梅这些写故土的人物散文，在语言上也很有自己的色彩，朴素无华：

"姑姑有手好茶饭，馍馍蒸得是虚格腾腾，面条擀得是坚格铮铮，米酒酿得是香格喷喷，豆腐做得是软格闪闪，凉粉灼得是白格生生，荞面轧得是细格楚楚，面皮做得是亮格丹丹。凡是吃过姑姑做的饭的人，都夸她做饭好手段。"

散文不仅要有精巧的结构，更需要相应的美的语言。现在许多散文作者，共性语感太多，语言显得单调平实，语言风格个性模糊。而高彩梅上面这段极富陕北地域风情的描绘，鲜活精彩，韵味十足，恰似陕蒙地方喷香的风味小吃一样可口舒展。

前面我说过，高彩梅是一个多面手，她的这本散文集驳杂丰富，不经意间就如同燧石火花，跳跃闪射开来。当代散文自由不拘，有人就说过，散文其实是更大众、更亲民、更能和我们的时代同呼吸共命运的一种文体。本散文集中，也有不少浮世万象的篇章。

而《今夜星光灿烂》诸篇，文笔细腻隽永、缠绵悱恻，澎湃着诗人一样的才情、热情和浪漫，也澎湃着青春年华真诚而丰沛的情感，在丰硕的人生叙述中总结丰富的人生经验，读来亲切自然、温馨快意。

散文界曾有人指出：散文不是像小说那样的"再现"，而是"表现""裸现"的艺术，裸露情感，展现心灵。它吸纳生活中的感受、感觉，以强烈的情感熔铸和个性化的心灵投影，倾吐自由心声，由生活向艺术升腾转化。

《庄子·庚桑楚》云："宇泰定者（指美好，高大的、宝贵的、有价值的），发乎天光。"晚清杰出的文艺理论家、被称为"东方黑格尔"的刘熙载在《艺概·文概》中说："文之神妙，莫过于能飞。"这里的"天光""飞"，其实说的就是"象外之象""弦外之音""韵外之致"。即突破具体"有"（器、物）的界限束缚，通达"无"（象征道、思）的大化真境；从具体物象的"形而下"向精神境界的"形而上"飞扬。意犹无穷，畅通万物，让读者领会道的真迹、生命的意义。

散文是感性、智性和诗意的完美融合。形象感和诗质，是它的审美特征。

写到这里，行文似该结束了。这仅仅是我读了高彩梅即将付梓的《阳光拂过草原》的点滴感受，难免偏颇己见。好在任何人说的都不过是一家之言。叫人欣慰的是，高彩梅在创作的路上，热也热得，冷也冷得，总是在向前走着，走得昂扬，走得执着。她是一个很有自己的思考和艺术追求的作者。我们应当热忱祝贺她这本散文新著问世，勉励她在当前散文泡沫、物欲横流的浮躁年代，沉下心来，在宁静中收获成熟。努力穿越平原、高原，向高峰迈进，努力形成自己鲜明独特的散文创作风格，写出更多富有蒙陕鄂尔多斯台地色彩情感风骨，富有这片亘古土地生存意识、生命体验的大境界好散文来。

2021 年晚秋　于延安

作者简介：史小溪，原名史旭森，陕西省延安市人。中国作协会员，西部散文学会名誉主席，《延安文学》原执行主编，资深编审。

目　录

第一辑　一个人的牡丹园

一个人的牡丹园　002

一棵榆钱树　006

普洱茶之恋　009

锦绣高都　013

醉美香山　015

松茸情　017

许淇先生记　021

生命中的贵人　027

第二辑　阳光拂过草原

阳光拂过草原　030

莲一样的女子　033

茉莉花一样的女子　037

一枚别致的叶子　041

绿海上飘荡着优美的旋律　044

颛儿臭臭　047

跌落在岁月深处的时光　049

刘成章其人其文　051

第三辑　斑斓的印痕

　　清明时节寄哀思　056

　　感怀生命的岁月　062

　　秋虫鸣唱里的东胜　065

　　参观鄂尔多斯青铜器博物馆　068

　　一株瓜秧　070

第四辑　漾动的乡愁

　　故乡的四合院激起我沉睡的乡愁　076

　　红碱淖　080

　　祖父　084

　　父亲　089

　　母亲　094

　　姑姑　097

　　恩师杨和平先生　100

第五辑　时光里的吟唱

　　年味　104

　　骆驼美酒溢神州　108

　　青海茶卡天空壹号的诱惑　112

　　我的文学梦　115

　　两只小仓鼠　118

　　生日偶感　120

　　那片燃烧的太阳海　123

第六辑　今夜星光灿烂

你是我心中的一首歌　128

今夜星光灿烂　135

寒露濯秋菊　142

北海三章　147

业绩，镂刻在拼搏的里程碑上　151

第七辑　阅读的快乐

《诗度华年》的温度与韵致　158

浮沉岁月的印迹

——读郭文涟散文集《伊犁往事》　162

高原青枫万里青

——读王万里诗集《高原青枫》有感　167

水乡的吟者

——读韩树俊散文集《一条河的思念》　171

为诗意人生而沉醉

——读刘建光诗集《小诗度日》有感　174

乡村的守望与行吟

——读《曹文清散文特辑》有感　177

母爱的光辉

——读张瑜的诗集《月光来时》有感　182

放歌边塞的赤子深情

——读王子云诗集《弱水天涯》有感　185

阳光拂过草原　跋　188

第一辑　一个人的牡丹园

一个人的牡丹园

　　好一座五彩缤纷的牡丹园！微风撩拂着我的长发，不知名的小鸟在婉转歌唱，偶尔有布谷鸣叫几声，我置身于锦团簇拥、香云缭绕的牡丹园和大自然美妙的音乐之中，我从这朵雍容华贵的粉牡丹，扑向那朵亮丽富有的黄牡丹、花瓣呈紫色的紫牡丹、花型宽厚的白牡丹，然后再扑向被称为百花之王的红牡丹……

　　这是初夏的早晨，我从钢筋水泥丛林中溜出来，驱车来到了鄂尔多斯植物园里的牡丹园。我看着那些深红色的红牡丹，深紫色的黑牡丹，高洁、端庄秀雅、仪态万千、国色天香的白牡丹，心就沉在了牡丹园里……与牡丹相约，地老天荒。传说中的牡丹，是被武则天一怒之下逐出京城，贬去洛阳的，不料洛阳的水土最适合牡丹的生长。而今，有谁会想到在贫瘠多风的鄂尔多斯高原上能安静地长出成片的牡丹，竟然繁衍出个塞上"洛阳牡丹城"？牡丹，国色天香，一直被国人视为富贵、吉祥、幸福、繁荣的象征。从唐代起，牡丹就被推崇为"国色天香"。唐代诗人白居易"花开花落二十日，一城之人皆若狂"和刘禹锡"唯有牡丹真国色，花开时节动京城"等脍炙人口的诗句流传至今。天啊！可爱的蝴蝶绕着娇艳的牡丹来回飞舞。我从这朵拍照到那朵，瞧！一只贪吃的小蜜蜂，醉在花香里，忘了人的窥视，我反复拍照，也无法惊醒它。累了，我伸起腰，举目四望，只有我一个人，哇！我也醉倒在牡丹花丛中……

　　牡丹总能激起我无穷无尽的遐想。记得去年夏初的一个夜晚，半轮明月悬挂在天宇，远处有颗启明星在一闪一闪地眨着眼睛。我漫步在牡丹飘香的小路上，听着蒋大为唱的《牡丹之歌》，我的泪止不住溢满眼眶，多美的夜晚呵，远方的大海，是否和我一样，在月下漫步？

那年，我与大海相识，是因为我微信中有个昵称为"大海"的，一个月之前请求我添加好友，当时我没有同意。又一个月过去了，大海再次请求添加好友。我看他的详细资料，个人相册内容很有品位。我总觉得他认识我，于是添加了。我问："我们认识吗？""不认识。""怎么加上我的？""附近人，有缘加上。""喜欢文学吗？""喜欢。"我俩就这样你一言我一语地聊着。他告诉我，他在新浪博客写过一些东西，我打开一看吃了一惊，好些作品在国家级刊物上发表过。其实，我很早就读过他的文章，我很喜欢他的文笔，没想到微信联系上了。要说起真名，我很早就知道。他应该认识我，他说在网上购买过我的书。我速到网上购了他的两本书，每天抽时间读。我曾在他博客留言：外出多年，每天忙于生计，难得上博客。今天有幸读到老师的文章，让我读出了哀愁、疼痛、揪心！地方开发，带动了地域经济发展，同时也对自然环境造成触目惊心的破坏！复读之，看出老师对这片土地爱得情深意笃，才能写出如此厚重的文章！深深打动了我。后来，大海问我喜欢牡丹花吗，特意将自己QQ空间的牡丹花发给我看，并真诚邀请我牡丹节去他的故乡赏牡丹。我的心一下激动起来。是呀，从网上得知大海的故乡，那里有成片美丽的牡丹，有多少人仰慕、赞美牡丹花的惊艳之美，我也多想一睹牡丹花的花容呢！时间过得真快，牡丹花节马上来临。大海发来信息："可以来赏牡丹花吗？"于是说走就走，我和朋友驱车直奔。因路况陌生，一路上大海打电话，让我开车慢些，说他手头有事，马上处理完就过来看我们，只是很抱歉不能陪同我们看牡丹花。这是一场生命盛宴的天赐啊！我们被牡丹花惊世骇俗的美震惊！当见到大海时，我们才知道他刚刚从医院拔了针头，拖着虚弱的身体来见我们，还特意安排我们吃地方小吃。吃饭时，看着他因虚弱而冒冷汗、发红的脸，我很歉疚。他吃得很少，还一个劲儿招呼大家吃。去他办公室时，我被满满一床书深深触动了，因书架放不下，只好放在床上，半边放书，半边睡人。书架也塞满了书。我问："你的工作这么忙，何时才能看书？""每天下班后，挤时间读。不读书，睡不着。"一个喜欢看书的领导，他的素养一定不会差。果然，他的政绩多次受到领导的表扬，百姓中的口碑也很好。他的文学作品在全国大型刊物上多有发表。我时常去他的博客看，非常喜欢他的文笔，偶尔也点评一下。现在都在忙，很少联系了。

有一次，因一件事，不得不找他，只好给他打电话，他很快回电，说会帮助解决的。我曾说，我会好好写一下他，但学识疏浅，一直没有动笔。常常读他的文章，都让我的心里有一种莫名的激动，尤其他写故土，让我感到我又回到了故乡。他写的好多好多关于故乡的文章，看后让我流泪，他写出了对故土的深情、忧患情结，他说，他把最美的时光献给了那片土地。那天，我们一直在聊，好像有永远也说不完的话。

置身牡丹园，唤醒我记忆深处的一些东西，让我顿生牵挂和惦记。还记得那年牡丹花飘香时，我应邀参加一次文学笔会。会上，我被他略带磁性的男中音深深吸引着，那精彩的发言，让我全神贯注地聆听着，我被他那渊博的知识、优雅而诙谐的谈吐深深吸引着。没想到会与大海一起开会，一种亲切感油然而生。其实，他也认出了我，那熟悉的眼神像一阵细雨润入我心田。会后，他轻轻走到我身边，和我谈文学，谈他的创作经历。

第二天早晨，我俩相约直奔牡丹园，去看那带雨露的牡丹。空气湿润新鲜，牡丹的枝叶挂着星星点点的雨滴。白牡丹花瓣抱合，洁白的花瓣滚动着颗颗晶莹剔透的小雨珠。也有粉色的牡丹花没有合拢花瓣，层层花瓣沾满小雨珠，犹如娇美的女子，让人顿生可怜之心。还有几朵已经被风吹雨打，吹落所有的花瓣，只有娇嫩的花果裸露。看到地面上被打落的那么多白的、紫的、淡粉的花瓣，让我心中产生一种说不出的忧伤。三天的会议弹指一挥，临别，他向我眨一下眼，说："忙碌的日子里，照顾好自己。"我感到自己眼里起了一层雾气。

以后的每个春天，我如约独自去赏牡丹花。牡丹花灿烂的容颜撩拨着我，燃起我心中的希望。我对牡丹的喜爱不仅在于她风姿绰约，还在于其具有药用价值。牡丹的茎、叶可以治疗血瘀病，它的根可以入药，也可以叫它丹皮，入药后可以降血压、除伏火、清热散瘀、去痈消肿等，对高血压有显著疗效。我徜徉在牡丹园里，将心事绣成牡丹花，真想躺下去，睡成一株牡丹。不知道过了多久，天空下起了小雨，紫色复瓣的牡丹娇嫩的花瓣抱合，颗颗雨露像珍珠洒在花瓣上；纯白色有花蕊的牡丹，花瓣像镶了一圈又一圈珍珠，光彩夺目；白中略带紫色的牡丹，花心抱合，四边花瓣来不及抱合，被密密的、斜斜的雨如小银针一样无情敲打，花容顿失。多情的雨淋湿深藏的思念，我时而发热，时而发冷。这时，手机铃声响了，我看到大海发给我一首小诗《杭州的雨》：杭州的雨 / 时急时缓 / 就像我的思念 / 一会儿在你身边 / 一会儿跑到天边。每次，我将拍的照片发在我的博客里，我总感到自己很幸福，愿与牡丹花仙子灵魂相伴，催怒我心中的花园！

此刻，美景滋生美的情愫，我情不自禁哼一首歌："你是生命中的阳光，给了我燃烧的力量。你是生命中的清泉，给了我智慧之源。我的希望就跳动在你盘桓的地方，没有谁能阻挡奔向你的脚步……"在这美妙的时光里，我的心中充满了阳光。每天早晨，如约收到他给我的问候，温暖我的每一天。我将折叠自己的心绪，驱车原路返回，心中若有阳光，处处都有温暖！我恋恋不舍地深情望一眼这牡丹园，谁也不会将这个牡丹园带走！

一棵榆钱树

在这钢筋水泥丛林中竟然有这么一棵榆树，它伟岸、秀美、挺拔。

每日我迎着朝阳，走近它，仰望它，从积雪堆积到长出星星点点紫褐色的苞蕾，到它一直站在春光里。美丽的春天，是挂在串串榆钱上的，这恼人的春风呵，总让深锁的心湖泛起涟漪。相思的草，总在心尖狂长，今生，我将爱的韵律融入春的音符中，期盼榆钱飘香醉人的时刻，那串串的榆钱载满我浓浓的情思。仰望着，思绪翩翩。那淡淡的香味儿，一下子就勾起了无数个香甜而温馨的童年回忆。

记得故乡老屋西北角有一棵老榆树，粗壮的树干，褶皱的树皮裂纹纵横交错，裸露的根疙里疙瘩，但依然昂首挺立，耐住风寒，耐住寂寞，它是我眼中最美的风景。每到榆钱花飘香时，榆钱儿一簇堆在另一簇上，挤挤挨挨，嫩绿嫩绿的，边缘处薄薄的，中间鼓起来，像缩小了的铜钱。母亲告诉我，榆钱因形状酷似钱币，故而得名。又由于它是"余钱"的谐音，因而就有吃了榆钱可以今生有"余钱"的说法。我会爬上树捋些鲜嫩榆钱，都等不及水洗就放到嘴里，有一种春天青草刚发芽的味道。再捋一些拿回家，母亲仔细地拣去里边的尘芥，淘洗干净，晾到八成干，然后拌上白面，等拌匀之后，再放到锅笼里蒸上约一刻钟的时间。接着，在炒锅里放点清油葱花爆香，把蒸好的榆钱放入炒锅，撒点盐小炒几分钟，就可以吃了。有时间，父母亲会将粗的榆树表皮去掉，露出里面白色的一层，扒下来，然后晾干。妈妈推（磨）一些杂粮面粉，再把这些榆树皮也推进去，擀出的面条吃起来有嚼劲，还光滑，又可口。现在想来，都忍不住咽几口口水，只是今生再也难尝那美味了。那用榆钱蒸出来的饼子，可好吃了。有时我和小伙伴在老榆树下捉迷藏；有时我为了捉一只蝉，手磨破了都毫不在乎地爬上爬下……又因榆树喜光、耐寒、抗旱，在瘠薄和轻盐碱土地也能生长。父亲在老屋周围栽了好多棵榆树。多想回老屋去看看，看看老屋旁的老榆树。记忆中的老榆树历经风霜雨雪，始终坚忍不拔、宠辱不惊。当榆钱儿丝丝缕缕的清香弥漫开来，醉了我家的老屋，也醉了我的童年。

此刻，我站在钢筋丛林中的榆树下，榆钱儿的甜香让我思绪翩翩，往事涌上心头。那年，我从陕北调到鄂尔多斯，恰好单位有一株小榆树，当我无意之中看到时，我的心一下子温暖起来。几年后因工作需要，我外调出去。五年后，我又回到原来的单位，当时只有碗口粗的小榆树，现在已长成枝繁叶茂的参天大树，让我的心温暖如初。在办公室坐久了，我总要出去走一圈，看看那棵榆树。周边都是五六层楼高的水泥建筑，独有它，傲然独立，让我感觉与大自然同在。尤其是芳菲四月天，空气中飘有一种清爽的香气。一树榆钱挂满了枝条，在风中轻轻摇曳，我每天好像赴一个美的宴会。满树挂满诗情秀逸、挨挨挤挤、圆圆的榆钱儿，一伸手便可恣意去品尝鲜味，一股幽远的淡香。曾记得欧阳修挥笔写下了"杯盘饧粥春风冷，池馆榆钱夜雨新"的诗句。还有，清代诗人郭诚在《榆荚羹》中也这样赞美榆钱："自下盐梅入碧鲜，榆风吹散晚厨烟。拣杯戏向山妻说，一箸真成食万钱。"我先将枝条拉近，摘上几串，然后再去掉上面的绒毛，放在口中仔细地咀嚼，甜甜的清香便绕着舌尖，慢慢地沁入心脾，唤醒我少女时的活泼。那年，在塞上古城榆林，我独自行走在榆林二街上，满街榆树飘香。在那条古色古香的街上，我的心头盛满思念的情绪：等你，在榆钱飘香时 / 神奇的眼神，像春雨散入心田 / 从此，心中拥那份馨香的情缘 / 今心儿藏一串串榆钱的微笑 / 点点渴盼在相思里盈欢 / 多想共醉榆树林的浪漫 / 可是我的期待啊，消瘦，消瘦 / 但愿，相遇如一树花开／想念你的岁月，榆钱的芬芳在婉约中袭来。此刻阳光正好，心中掠起了淡绿色的思念，在榆荫下寻觅爱的光芒，感受神秘的冲动，让爱挂成钱串儿翩跹，立在红尘里，许三千痴心缘，绿精灵的心，执迷在四月天，独舞那千年一盼。有一首诗总让我心中泛起涟漪：从晨起到日落／我守护一片阳光／用心用情用余生／这是一片精巧的阳光／甜甜的酸酸的香香的／一如你开在眼前／前半生不忍触摸／今夜执手相望／阳光紧贴我的心脏／在月下行久了／伤口已结成痂／夜色不过是我的一件衣裳／记忆穿过轮回／轻按这片阳光／谁在我的掌上舞蹈。恋上一棵站在春光里的榆树，好想为它浇水、剪枝，偶尔在榆荫下看看书，或静静冥想，那种感觉一定很美。

此后，每个春意盎然的清晨，我都要走近那棵榆树，我听到小麻雀清脆的叫声，总能听出还有另一种不知名的小鸟的优美歌声。我仰头寻觅，满眼都是簇簇挤挤的翠绿色，像名贵的绿珍宝缀满了枝头，红色的楼宇，蓝色的天空做你的背景。啊，幸福就在此刻！曾经，我多么渴盼春天，如今，恋上一棵开花的树，默默独享恋上一棵榆树的美丽，在这红尘里，我把思念刻入文字，让爱永恒。真的，没有人知道我多么爱一棵榆树，我的爱如启明星，坚定永恒；我的爱如朝阳，热烈赤诚；因榆树花演绎春的美，挑开北国之春；盈满馨香的榆荫下打湿我层层的思念，我感到有一种爱，犹如烈焰在心间燃烧。在岁月风尘的小径，固执一抹痴念，恋上一棵树，永不彷徨！高跟鞋击打水泥路，发出清脆的声音，一切都如此美妙。

我忘记还在水泥丛林中，我感到自由与自在，让我忘却人生的怨与爱，忘却我的过去与现在！

普洱茶之恋

陈香普洱藏茶韵，似兰如荷存馨香。普洱茶是中国十大名茶之一，口感特别醇厚。啜饮入口，茶香穿透牙缝，沁透齿龈；吞之入喉，茶汤滑入食道，喉润悠长。第一次邂逅，我就恋上了它。

一杯普洱，一份情谊。

我家珍藏了一款叫"云南之月"的普洱生茶。2007年制茶，至今已有十几年的历史。它是云南著名诗散文作家淡墨先生赠送的，盒内装一大饼和两小饼。文朋诗友来，我总是小心翼翼取出其中一小饼来冲泡，芳香如泉涌般扑鼻而来。其高雅沁心之感似兰如荷。文朋诗友又争论如何辨别新、老普洱茶，有的说要分别茶汤颜色，有的说去闻茶叶香气，也有的说试喝尝滋味。我说同样的茶，看与谁共饮，与志同道合者，虽粗茶也觉上品。普洱茶温润、柔和、有内涵，茶品如人品。我突然领会了鲁迅先生说的"会喝好茶，有好茶喝，是一种清福"的言外之意了。

中国素有"茶的故乡"之称。普洱茶始于商周，产于西汉，传于三国，商于唐朝，得名明代，盛于清朝，衰于民国，享誉现代。南北朝时，随着禅宗大兴并盛于北方，便推动了北方饮茶。到唐代中期，特别是陆羽所作《茶经》传世之后，茶文化滥觞于此，饮茶之风畅行全国。宋代梅尧臣说："自从陆羽生人间，人间相学事春茶。"于是，种茶、做茶、饮茶成了中国人的一种生活方式。

我们从悠悠普洱茶史，谈到普洱茶类别等，谈说间举杯，用心品茗，啜饮入口，感受茶汤穿透牙缝，沁透齿龈，满口芳香。又谈普洱茶趣说、普洱茶情物语、普洱茶人佳话，文学家曹雪芹也将"普洱茶"写入了《红楼梦》。夏季喝杯普洱生茶，让人清凉，喉韵悠长，令人心旷神怡。

曾记得那年冬天，正是北方白雪皑皑的时节，我们走进七彩云南，扑进普洱茶的核心原产地——宁洱哈尼族彝族自治县。当我们坐下喝茶，因北方人沿袭大块吃肉、大碗喝酒（茶）的习惯，同行的男士便一口一杯，沏茶的小姐忙不过来，很委婉地提醒我们该如何品茶，不能像我们这样"牛饮"。从她的沏茶功夫中，我悟出茶之天道：单从一个"茶"字，就能领会茶出草木，承天地之灵气，囊括日月之清辉；一个"泡"字，消解了朝暮昼夜，泡不尽的世间甘苦。

我们从这家茶店迈向那家茶店，买了许多景观茶：红木镶嵌圆形福字、寿字、一条飞龙、铜钱式如招财进宝、金瓜普洱茶、精美的十二生肖普洱茶、上面写着"一九八二"字样的普洱砖茶等。回到酒店，每个人将自己购买的茶垒起来有半人高，最多一个垒起来比他本人都高。最多的那个人，我们都不叫他真名，而叫他"十四饼"。一年后，我问"十四饼"："你家里普洱茶还剩几饼？"他笑着说："没了，刚进门，被七大姑八大姨瓜分了，现在连喝的也没了，抽时间还去云南买普洱茶。"

最难忘的是在第九届西部散文节时，到云南大理苍山脚下品茶。

好客的白族兄弟，将我们迎接到一座白色茶楼。白族"三道茶"，以其独特的"头苦、二甜、三回味"令我今生难忘。巧手的金花们把精心采制的"感通茶"奉送到我们面前，同时奉上了白族人民的深情厚谊。品饮此茶，犹如品味人生，"麻、辣、辛、苦、甘"，五味俱全！一道茶一番心意，一杯茶一份禅心。

沏茶动作挥洒自如，如行云流水，让人仿佛置身琼楼玉宇，尘世烦恼瞬间涤荡干净。在那个初夏午后，茶气氤氲，茶香袅袅，幸福感飘荡在每一个人的心间，犹如身处禅房，闭目静思，晨钟暮鼓，佛法润心。

普洱茶更能让人感受"茶禅一味"。

曾听说这样一个故事：一个失意的年轻人来到古刹，慕名寻找一位高僧问禅事，以解烦忧。老僧静静地听，一句话也没有说。少顷，他吩咐小和尚拿来一壶温水一壶开水，他先给失意人用温水沏了一壶普洱生茶，年轻人呷了一口，抱怨茶叶无味。老僧又用开水沏了一壶茶，片刻，禅房里弥漫着茶的醇香，经久不散。老僧笑道：温水沏茶，茶叶只浮在水面；而沸水冲茶，茶叶屡经沉浮，茶的原味与清香自然散逸开来。失意人顿悟：只有沐风浴雨、饱经风霜且经得起岁月浮沉的人，才能散发出生命的清香啊！

　　我们的一生何尝不是茶的一生呢！

　　孤独时，与谁同坐？明月、清风、普洱茶。它们是我不离不弃的朋友。在茶香中，懂得生命不仅有眼前的苟且，还有诗和远方；懂得不要在过去的回忆里缠绵，昨天的太阳晒不干今天的衣裳；懂得上帝只掌握你一半的命运，你要学会如何用手里拥有的掌握上帝所掌握的……

　　中医认为普洱茶同时具有清热、消暑、解毒、消食、去腻、利水、通便、祛痰、祛风解表、止咳生津、益气、延年益寿、健牙护齿等功效与作用。茶是大自然赐予人类天然的最佳中药。

　　因普洱茶性温和，暖胃不伤胃，尤其适合北方人冬季饮用。对于大碗喝酒、大块吃肉的北方人来说，它可以降血脂。血脂降了，自然也就能带来减肥的功效了。

　　如今，在我们这座北方小城兴起不少茶楼、茶庄。在这里，伴着古筝的悠扬旋律，带你穿越唐风汉雨，虽不能至，心向往之。优雅的环境，令你气定神闲，此时，泡上一杯香茗，老友新知、至爱亲朋心扉洞开，吟诗诵句或是洽谈生意。常听朋友说："找个茶楼，喝杯普洱，偷得浮生半日闲，优哉游哉……"茶楼茶庄成了社交聚集的主要场所。在品茶的同时，还能欣赏茶艺小姐优美娴熟的表演，那一招一式，绝不是刻意而为，再现了中国茶文化和地方民俗风情。北方人不再只热衷于喝奶茶、砖茶了，喝普洱已成为一些人的生活习惯或必修课。北方大爷大妈常说："宁可三日无食，不可一日无茶。"

有人说，普洱茶随着岁月流转，味道也千变万化。都说普洱茶是可以喝的古董，任岁月流淌，因岁月醇香，由内而外，从每个细节开始，普洱茶的"香""韵"皆会在时光的历练中不断升华凝结。品茶，我想应该是红尘岁月里一种超凡脱俗的美丽。恋上普洱茶就是喜欢那种感觉，如染上戒不掉的瘾。

脑际时常回响起电影《爱有来生》中的经典对白："来生，你若不认得我，我就说，你的茶凉了，我再去给你续上，你便知，那人是我。"如果真有来生，我续上的定是——普洱茶。

锦绣高都

八月的高都，是一幅美轮美奂的画卷，绚丽多彩得让人目不暇接。

八月的高都，是一首豪放热烈的诗篇，激情飞扬得让心泛起了星光点点的涟漪。

八月的高都，是郭兰英唱不完的情歌，甜美欢悦得让人心魂迷醉。

山西省晋城市泽州县的高都镇，一个兼容并蓄着悠悠历史和灿烂文化的文明古镇，一直缭绕在我的心房，散发着圣洁的芬芳。

在彼泽之陂冠雄州的古战场上，我听到了战马嘶鸣的高亢跌宕。在"河东屏翰""三晋门户""太行首冲"的高都大地上，山西民歌的婉约凄伤、高都风味的醇厚味长，让我们久久难忘。

沿着一行行的墨香，我远方的心就回到了公元前 17 世纪，夏桀王劈开闪电建都的路上。闻一闻文字的浓香，我的心尖就撑起了"夏桀王迁都于垂"的垂棘山的气吞山河，撑起了现今幻化为凤凰山的仙山琼阁，撑起了山上垂棘洞口题刻"夏桀王迁都处"的史海沧桑，洞中石壁坚实而润泽，晶莹而光洁。

"泽界在晋，南压太行，形胜名天下"的高都，镇中修建于金大定年间的东岳庙，闪放着尘埃里什么样的灿烂花开？

镇北依山傍水、风景秀丽的卧龙山，宛若龙精虎猛的巨龙盘旋，释放出的幸福闪电，让龙王庙的香火千年不灭。而景德寺、关帝庙、二仙观、城隍庙、白衣阁、万年桥等古韵古迹，构成了泽州独特的文化朝拜胜地。

远在新石器时代就有人类刀耕火种、繁衍生息的高都，秦一统中国设高都县，历朝多次在此建郡立州，蔚然而成泽州地区政治、经济、文化的"行山重镇"。北宋天文学家刘羲叟，明代工部右侍郎张昺，清嘉庆年间书画家原秉琏，近代书画家原石民，当代艺术理论家赵力忠……一个个百代文宗，呵壁问天，浮白载笔，流传着怎样的骚情赋骨？

东邻陵川县，西界巴公镇和北石店镇，南连金村镇，北接北义城镇的高都镇，是在涓涓不壅的丹河和源泽河的润泽下，拥抱着任庄水库，让东轩平原、西轩平原上的 6.24 万亩耕地成畦成行，丰收在望吗？是太焦铁路、晋长二级路、长晋高速路、太洛路、高大路、沙岭路、丰大路、环镇路……一条条纵横交错的公路网，犬牙交织成四通八达的便捷吗？是 16 平方公里煤田的煤层厚、煤质好、埋藏浅、易开采，门庭若市形成欣欣向荣的高都吗？是挨风缉缝的铁矿，挨山塞河的石灰石、石膏、瓷土、大理石、铝矾土，拔群出萃成堆金积玉的高都吗？是 1500 亩枝繁叶茂的山楂、苹果林，成为山西省多样化果品生产基地，从干旱多风再造了一个富贵逼人的高都吗？是农业龙头民乐面粉厂、彤康食品的蒸蒸日上，让高都的"泽州黄"小米、玉米育种、蚕桑养殖、优质小杂粮成为如日方升的金字招牌吗？是煤炭、铸造、建材为主的润华、兴隆、昌都煤业、金工铸业……一个个工业中流砥柱、披荆斩棘、奋发图强，才众星拱月出一个五彩缤纷的锦绣高都吗？1990 年获得"全国文化先进站"称号的高都，你富埒王侯的繁荣，像这块土地上的山药蛋一样，书写了怎样的传奇呀！2006 年获得"全省历史文化名镇"的高都，你抱玉握珠的富裕，像香火鼎盛的五台山一样，掀起了怎样的神话呀！

醉美香山

　　时光荏苒，拼搏的心灵需要憩息时，请走进长城故乡、走进莱芜、走进香山，寻找一份宁静，享受一份悠闲。

　　"长城故乡风光多"的莱芜，西临泰岱，东连鲁沂，南掩龟蒙，北望济南和齐国故都临淄，居齐鲁大地之中心，历史上位于齐鲁两国交界之地，齐长城东西延绵穿北境而过，设有锦阳关、青石关、黄石关、风门道关、天门关等多处重要关隘，既是齐鲁两国重要的交通门户，又是历史上兵家必争之地，长勺之战、艾陵之战、峡谷会盟、清代捻军之战、解放战争时期的莱芜战役等均发生于此。齐长城莱芜段全长 60 多千米，连接 200 多座山头，拥有三大关、十二小关，比秦长城早 400 多年，堪称中国长城之父、世界壁垒之最，是世界文化遗产——中国长城的扩展项目，故莱芜又有"长城故乡"之美誉。而香山位于山东省济南市莱芜区，是莱芜区第一高山，和东岳泰山一脉相承，傲立于鲁中地区的连绵群山之中，主峰高 918.7 米，因山中盛产香草得名。第一次登香山是在一场淅淅沥沥的春雨中，雨中的香山，有另一番美。远观，山谷中的云雾缭绕在层峦叠嶂之间，云海时浓时淡，石峰若隐若现，景象变幻万千，宛如天然水墨画。近观，风光旖旎的香山如慢慢展开的浓彩画卷，美不胜收。香山作为自然风景区，松树、槐树等植被密布山间。香山拥有玉皇极顶、香山行宫、蝴蝶泉、一线天、十八盘、香山红叶、香山黄叶、唐朝板栗园、槐香园、万亩林海草原、岩石地质公园等景点，更有以九天大峡谷为代表的九大水系等景点。香山作为莱芜名山、神山之一，以其悠久的历史、旖旎的风光、独特的风姿和气绝云天的雄伟，受到世人的瞩目。

沿蜿蜒的石阶路进入九天大峡谷，天空又下着小雨，小雨一点点一滴滴飘来飘去。雨中的九天大峡谷是那样美丽，空气中飘荡着花草芬芳的气息。任小雨落在我的头顶，任感情的思绪在小雨里飘来飘去。我问我自己，是否到了仙境？是众鸟和鸣将我的思绪拉回现实。往前行，谷中古树参天，两边奇峰突兀，山、泉、潭、瀑、洞分布于峡谷，有卧龙峡、杏花村、照壁峰、黑龙潭、龙女潭、龙门潭等景观。潭潭相连、瀑瀑相接，有诗曰："龙隐深潭鹰恋峰，赤日照壁见银星。龙潭风景皆诗意，莱芜河山此景雄。"这样 10 千米以上的峡谷有多条，是山东省乃至华东地区最大的峡谷群。尤其是由九龙、九天两条大峡谷组成的"二龙戏珠"景观，气势恢宏，谷内怪石嶙峋，溪水潺潺，连绵曲折，九曲十八弯，让人流连忘返，充分领略到大自然造化之神奇，可欣赏峡谷内的原始生态，充分享受"天然氧吧"的气息。

天上人间——王石门村很值得去，村子海拔 851 米，"天上人家"这个名字似乎住着神仙啊。这里有高山之巅的淳朴民俗风情，有古老原始的深谷幽林，有高峡平湖的秀美景致。在蓝天白云、青山碧水的映衬下，整个村落如人间仙境，故被誉为"天上人家"。村里的民居、风土、人情等都保存着原生态风貌，可在农家乐餐饮住宿，特色小院让你远离尘世纷扰。这里还有最让人回味无穷的美食酥炸花椒芽。因山间气温低，花椒的嫩芽萌动着。掐掉花椒芽更有助于花椒的生长，而且花椒芽制作的菜品，入口品尝，花椒的"香"与"麻"恰到好处，口感更是外酥内软，唇齿留香。

沐浴了香山迷人的生态美景，受到浓郁文化气息的洗礼，我的心灵重新荡起波澜，重新荡起回声！

松茸情

中国文化博大精深，当然也包括"吃"。不同的民族，不同的地域，都有不一样的"吃"的文化。那年，七彩云南之旅，让我领略到了中国西南部自然景观的瑰丽奇美，更让我难忘的是光彪兄夫妇邀请我吃蘑菇菌涮干猪肉，这是我有生以来第一次吃到这样的美味。我无意间的话让光彪兄后来隔三岔五给我邮寄被誉为"菌中之王"的松茸和干肉。每年的 7 月到 9 月是食用新鲜松茸的时节，我常会收到光彪兄发给我的信息："你家的地址？现在又到吃松茸的时节了。""我上次吃了，太让你破费了！""微薄心意！"我犹豫一下，仿佛被松茸浓郁的菌香馋得直流口水，不由自主地又将地址发给这个文友。发货特别快，收到的时候冰袋还有点冰。松茸个头也大，淡淡的菌香弥漫。松茸土鸡炖汤喝，松茸肉鲜嫩，鸡肉也比平时香糯，味道特别鲜美。

松茸，学名松口蘑，别名松蕈、合菌、台菌，隶属担子菌亚门、口蘑科，是松栎等树木外生的菌根真菌。松茸是世界上珍稀名贵的纯天然食用菌类，被誉为"菌中之王"。松茸非常适合养生，许多人都会用松茸来炖汤和泡茶，在养生类食品中，人们对松茸的喜爱，已经高于普洱茶、海参、燕窝。美食家们将它列入吃货"一生必吃"的清单中。我吃的这种松茸隐匿在云南香格里拉松树和栎树自然杂交林中，至今无法人工种植。它是一种精灵般的食物，气味也是非常浓郁，颗颗饱满厚实，有新鲜的自然菌香。光彪兄说，采摘松茸的过程是十分艰辛的，它长在寒温带海拔 3500 米以上的森林里。冷链空运，48 小时内到达，保证新鲜。光彪兄总是将这个季节个头饱满、菌香浓郁、口感处于巅峰状态的松茸及时邮寄给我。他还告诉我松茸的功效：提高人体免疫力。松茸中富含的双链松茸多糖，对免疫力有明显的增强作用，所以松茸特别适合身体虚弱、术后产后人群食用。它也能抗衰老、美容养颜、抗辐射。松茸中的松茸粗多糖，能减少细胞所受到的各种辐射伤害，同时可以通过干预黑色素沉积的过程，而达到美白肌肤的效果。松茸有类似肠胃促动药的作用，可以抑制肠胃功能亢进和脾虚所致的泄泻。补肾壮阳、益肠胃、理气、化痰和驱虫都是松茸不可小瞧的功效。它还能抗癌抗肿瘤，治疗糖尿病。松茸中的某些蛋白能够直接杀死肿瘤细胞，或者诱导肿瘤细胞凋亡；而且能加速肝葡萄糖代谢，具有直接降糖的功效。光彪兄简直就是一位松茸专家。

光彪兄的为人和他写的文章《我在彝人古镇等你》一样："朋友远道而来，我常常要去接站。不管朋友从昆明来，还是从滇西大理来，如果你乘坐动车，我总会说：我到楚雄高铁站接你。如果你乘坐汽车，我总会说：你从彝人古镇楚雄西收费站下，我在出站口等你。"他总是热情好客。而我真正认识他是从读他的散文集《沾满泥土的情绪》开始的。这是沾着芳香的红土地气息的精致美文，编织了滇中民俗民风、人文情怀，凝结着浓郁的红土情结。这种独特的地域风情，源于独特的地理环境和独特的地域文化。作家用第一人称"我"的视角，用深邃的情感和洞察力将红土地的意象表述出独特的美：滇中农村优美的自然景色，淳朴的风土人情，热情好客的乡民以及笔端凝结的那种对祖国、对人民炽热的感情，产生了不少耐人回味的好文章。因为他对红土地人情物事的感受过于强烈，他抒发的这种"恋土情结"恬淡、清新、秀美，是乡土散文上乘之作。红土地将永久弥漫芬芳的气韵之香。在光彪兄的散文中，写人从母亲父亲叔婶老师童年的伙伴以至村人，博爱的气息弥散。《误喊"阿嬷"四十年》《走不出阿妈的目光》《又别母亲》《母亲等我吃饭》《我欠父亲一张照片》《放牛的父亲》《站在我心灵高处的二叔》《大婶》《大哥》等作品炽热的真情显露，深深的爱直抵心灵最柔软处，母爱父爱洇湿内心的堤岸。在日益冷漠的世界，对亲情的礼赞和感恩，尤显难能可贵。

那年去楚雄，光彪兄带我们去他的故乡，专门请村里人为我们弹彝族"左脚调"《一丘大田四四方》《不来不来要叫来》《隔山隔水来遇你》，让我们感受民族音乐的无限魅力。左脚调节奏明快，通俗易懂，纯朴自然，表现力丰富，为高八度声腔演唱，清脆悦耳，高亢热烈，具有浓郁的地方文化特色。还了解了彝族的大水烟筒。他自己还会唱彝族祝酒歌《喜欢不喜欢也要喝》，为左脚调的代表曲目，让人百听不厌。我们还在他家吃了云南楚雄地地道道的农家菜，见到了他当时健在的老母亲。后来收到了他的一本厚重的散文集《母亲的气味》，这本散文集写出了母亲的大爱，折射出温暖人间的母爱光芒，也催生了光彪兄这样一位执着于写作乡土母爱亲情的散文家。也因有这样的母亲才教育出这样一位博爱的儿子。2020 年新冠肺炎疫情发生以后，光彪兄把近 10 年来的稿费 32700 元，通过楚雄州红十字会捐献给湖北省作家协会，用于帮助感染新冠肺炎的作家。光彪兄说："3 万多元钱虽少，但只要人人都献出一点爱，世界将变成美好的人间。作为一名政协委员，我希望以此表达对疫情防控的一点微薄力量；作为一名作家，我是讴歌人间真善美的一员，希望为疫情防控尽力而为。"光彪兄还说："国难当头，匹夫有责。在这场来势汹涌的新冠肺炎疫情面前，想不到我的一片鹅毛之意，也会在抗疫中激起一串美丽的浪花！"光彪兄助人的善举虽小，却凝聚着大爱。2020年，他被评为"中国好人""云南好人"。在西部散文成立的十几个分会之中，云南分会做得最好。为了提高当地文学创作水平，光彪兄自己掏钱办内刊，成立创作基地，给当地青年作家提供一个创作平台，为繁荣当地的文学事业做出了积极的贡献。

光彪兄现任云南省楚雄彝族自治州文联党组书记、主席、作家协会主席，还是中国作家协会会员。多年来，他始终把散文创作当作自己的"业余爱好"，先后在《散文百家》《散文选刊》《边疆文学》《长江丛刊》《天津文学》《读者》《文艺报》《云南日报》《中外文摘》等全国多家报纸杂志上发表散文近百篇，《一根稻草》《村庄的脊梁》《村庄来客》等散文被选入王剑冰、贾兴安、耿立主编的《全国年度散文年选》。

许淇先生记

丁零零，我接起电话，听筒里传来忧伤的声音："老许临去世时说，让我邮寄给你一套《许淇文集》。"我听出是师母的声音，忙说道："姨，您还好吗？我现在在安徽采风，回去我去看望您，别邮寄了。"因野外声音嘈杂，我匆匆挂了电话。此刻我无心赏美景。许老先生去世，师母还在忙着完成他的遗愿。我的泪一下涌了出来。

我家常年订阅《散文诗》，我最喜欢的一个栏目是《世界名家作品赏析》，这里可以阅读到世界级大师的散文诗，尤其是品读许老先生独到精辟的简析赏析，使我后来写作受益匪浅。

见到许老先生和师母是在 2009 年第一届西部散文节上，这次发生了一个小小意外。笔会的第三天晚上的欢送宴，用完餐，我同许老先生一同走。许老当时兴致很高，边说边走，因灯光暗，脚踏空，一下子摔了下去。陪同在旁边的我，一个箭步冲过去，拦腰抱起了许老，紧急送往医院急诊。所幸，除小腿划伤，身体无大碍。会上，有书法家画画、写字这一环节，许老打电话，让我带他去现场，我担心他的身体，劝他别去。许老先生坚持要去，无奈只好答应，那时他已经 70 多岁了。到了现场，我想让许老先生先休息一下，可他已经铺开纸墨为文友们写开了。看到豆大的汗水从他脸颊流下，我劝他休息。他说："还有那么多人在等着要呢。"他执意再继续，但手抖得已经不能放在纸上了。我的泪一下流了出来，我强行让许老先生停下来。接着，我联系车将许老先生送回家，让他好好养病。他的寓所是 1980 年代建筑的一个单元，他已居住了三十个年头。他的书斋命名为"淇竹斋",壁间悬挂有一幅法国 19 世纪浪漫主义大师德拉克罗瓦的复作《但丁的渡舟》,是许老在 1992 年用两个月时间临摹的。原作品现展在法国卢浮宫。作品描写了罗马诗人维吉尔引领意大利诗人但丁,坐小船游历地狱时经过忘川,冤魂趴在船头渴望超度的情节。许老早年学画,他到欧洲游历时,在卢浮宫拍摄了原作,又根据照片临摹了此画。淇竹斋除此画外,其余都是藏书,书架顶到天花板。蓄养的龟背竹已经相伴二十年,绿荫盎然。许老的书桌置于书与画与叶的中央,有一种"遥知静者忘声色,满屋清风未觉贫"的情致,令人肃然起敬。没过一个月,我们又在长春的长白山笔会上见面了,我询问他的伤,他撸起裤腿给我看他的伤痕,有几块伤疤还没有褪掉。我问他:"疼吗?"他微笑着用软软的吴语说:"皮外伤,不痛了。"一路上,感觉到他为人和蔼,谈吐幽默,博学多才。谈到散文诗时,他对我说:"散文诗的语言形式,不同于诗、散文和小说,它的自由度更强,它有自己的旋律结构和内在的音乐节奏。它可分行也可不分行,长句连排,突出切分短句,长短交错,繁复和简洁转换承包,错落有致。"此番指点,使我后来的写作受益匪浅。在文学笔会上,他朗诵了一首《白桦树》,赢得了阵阵掌声。每到一处景,许老先生仔细观赏后会用相机拍下。有一片白桦林,许老先生仔细从各个角度拍摄,他告诉我:"回去要画出来。"会后,我收到了许老先生从包头邮寄的我们一起参加活动的相片。

许淇,1937 年生于上海,1956 年"支边"到内蒙古,从此扎根塞外草原。半个多世纪以来,出版有散文诗集《城市意识流》《词牌散文诗》,散文集《美的凝目》《许淇随笔》,短篇小说集《疯了的太阳》等汇聚成《许淇文集》共 10 卷,近 500 万字。他尤以散文诗著称,内蒙古的草原、森林、沙漠、河流,在其笔下灵性跃动,堪称内蒙古文脉。其散文诗成就显著,获中国散文诗 1990 年代以来重要贡献奖。《文艺报》《诗探索》《诗刊》等均刊发过其作品的研究文章,《中国当代文学史纲》列专节评价。曾获内蒙古"索龙嘎"一等奖,《人民日报》散文征文一等奖,陈伯吹儿童文学奖等。他毕业于苏州美专,曾师从林风眠、刘海粟、关良等艺术大家。书画作品被选入《中国当代作家书画作品集》《中国美术书法界名作博览》等画册。河北教育出版社出版大型画册《许淇的画》,另有《许淇国画小品》发行。2009年内蒙古自治区党委、政府授予他"老艺术家杰出贡献奖"。他长期担任《散文诗》"世界名家作品赏析"栏目的撰稿人,向读者推介世界经典,从而做到"洋为中用"。他堪称融会贯通古今中外的大师,主编过《中外散文诗鉴赏大观·外国卷》《中国散文诗大系·内蒙古卷》。他发表了《世界现代文学的新品种》一文,充分阐述了他的观点,也是"散文诗是独立文体"倡导者之一。在20世纪50年代,许淇老先生同郭风、柯蓝并称为中国三大散文诗人;进入历史新时期,与耿林莽、李耕并称为中国散文诗界的"三驾马车"。其散文诗创作,在中国当代文学史上具有不可替代的重要地位;许淇先生同时是一位中西合璧、艺术成就颇丰的画家,其"现代彩墨"艺术将西画技法与中国水墨巧妙融合,兼具古典与现代风格。

许老是低调的,坚守在边远地区,终其一生,追求艺术之美。内蒙古北方森林里的木刻楞,草原上的蒙古包,前后套老乡的热炕头,都有他创作的身影。他虽生于江南,但他透过这些特色的地域景观,写人生、写内心的体验,对大自然、对生态环保、对生老病死——人的终极关怀乃至天地宇宙,他从20世纪50年代开始散文创作,他在散文诗创作中投以唯美的神情凝视,对语言精雕细刻,文字趋向诗意的追求。除散文诗外,许淇的散文也极为出色。他的散文画面感强,对人、景、物的动态描写,借于色彩的摹绘,使作品有着诗的韵美。他的代表作散文《追赶马群》笔势凝重,富有情韵,奔走、体验、感悟,身心合一,再交给语言呈现出诗的节奏美,可谓散文中的大餐、美餐!

在这里隆重推荐读许淇的散文。为什么要读呢?

一、许淇的散文不是书斋的产物，不是空穴来风，不是无病呻吟，而是有深厚的生活底蕴。森林、草原、大漠、自然和人生是他灵感的源泉，加上中西文化姊妹艺术的广博学养，使他的散文具有独特魅力。他在一篇散文《守望我的篝火》中写道："我是一名守望者。守望着的并非什么稀世珍藏，或什么薪火相传的悠久传统。守望着的仅仅是我在大草原自己点燃的一堆篝火。"散文《跟着我，到森林里去》中写道："当你的嘴唇被西北的风沙吹得焦枯，被太阳晒得爆裂惨白，因五内皆焚使你的眼睛冒火发红，活像个剪径的强徒，你最好借一匹鄂伦春山马立刻到林子里去，让那包蕴世界的寂静的绿抚慰你的痛苦……你忽然闻到一股呛鼻的长年浸泡在水里的青草味，那气味使你沉醉，你循诱惑寻觅，拨开树影斑驳的乱草，你发现了埋在草根底下的经露的山涧，如同发现暗藏的金矿，你的欣喜不可名状。"游目骋怀，情思悠远，意蕴丰富，让人感受到原始森林的旷古幽深、神奇多变、宁静自然。《春天乘着马车来》《鹿的眼睛》《追赶马群》《满洲里的中秋节》《车马大店》等篇什俯瞰草原，以作家的人文学养、理智心智和地域文化的滋养为动力，让草原上最平凡的人和事，吐绽出迷人的光芒，让人感受到一种淡远与浓艳相间的诗情画意。

二、许淇的散文并不是纯客观的临摹，而是"思想知觉化"。他笔下的人生百态蕴含深刻的哲理，均经过内心体验得以剥茧抽丝呈现出来。许老爱那片草原，对草原有一种无法割舍的爱。许老用一支奇妙的笔描绘草原上的人们，如散文《两姐妹》《尼尔基》《灯妈妈》《歌手》《琴手》《七姊妹》。他们如小草，朴实无华；他们的命运如额尔古纳河一样委婉曲折。细细品读这些文章，鲜活了草原上这些人最真实的喜怒哀乐，没有半点夸饰，将本真人性光芒呈现出来，令人像在草原的怀抱里，听一首意味深长的长调。

三、许淇终其一生在散文语言上下功夫，他继承中国古诗词的意境和语言，又和"五四"新文学传统接轨，并不忘别出新裁，突破陈套。用鲁迅先生所说的越轨的别致，去炼字、炼句，吸取现代文学象征、通感和意识流的表现方法，而不破坏母语的纯洁性，呈现语不惊人死不休的效果。细心的读者会品出许淇的散文修辞的妙句，对形容词、动词的独到应用，俯拾皆是，具有音乐性、绘画性。他的脍炙人口的篇章，入选各种选本：《美的凝目》曾被选入江苏高中语文阅读课本，《湖上札记》被选入《中国新文选大系——儿童文学散文卷》，散文《废园》被选入《中国新文选大系——散文卷》……

四、许淇是词牌散文诗的开拓者。

深孚众望的大家许淇"让古典和现代碰撞，水乳交融、天衣无缝地寻找现代世界和民族传统的契合点"。这便是许淇的艺术野心。在今天开放性和多元化的国际视野中，许淇用自己的感悟努力寻求传统精神的新的建构，使散文诗这种外来形式，注入中国的灵魂和血液。

《词牌散文诗百阕》是中国当代文坛的一朵奇葩、一曲天籁之音，她美轮美奂，散发出的气息令人一读而喜，二读而叹，再读而醉。

许老深谙词牌之美境，他的"词牌散文诗"以词牌为题，以娴熟、洗练发掘诗意，既表现古典韵味又注入现代精神。阅读许淇的词牌散文诗，处处闪烁着意境的光芒。许老说，每一"词牌"一句话几个字，字与字的搭配，产生绝妙的意境，将汉语的美发挥到极致。譬如，词牌"明月逐人来"不是一幅完整的图画吗？"沁园春"，春天的园林名沁园，沁人心脾，湿润烟雨春沁醉，三个字组合，便可联想到具古典韵致的饶有诗趣的境界。的确，品读《南歌子》，古镇的青石板路，缠绵悱恻的苏州评弹，雨中脚划乌篷船，二胡凄凉的私语，那是一幅多彩的烟雨江南的三维画卷。

他对传统和世界的双重拓展上，现实意象与古典词牌虚实相合上，是如何处理的呢？例如《一剪梅》，你可以领略绮丽的梅海，你的思绪穿梭于现实与历史间，梅妃的"梅花妆"，还有那"梅妻鹤子"的林和靖让你的情思跌宕中激越波荡。只有饱读诗书，胸藏万卷，学养广博精深，才会信手拈来，达到出神入化之妙境。

散文诗"新变"艺术美学上有所突破。例如《自度曲》意境更阔大，寥寥数语，韵味却不薄，且涉笔言怀感情色彩十分强烈。情真了，即使景中也含有强烈的主观色彩，也不失其景真。

著名的军旅诗人河原说："以词牌为题从事散文诗创作，此举本身就是一种颇为大胆的尝试，要在努力研究与继承中国古代词作精华的基础上，加以创造性地发挥，这是一种颇不易掌握的艺术探索——焊接古典美与现代的艺术探索。"（《古典美与现代意识的结晶——读许淇〈词牌散文诗〉》）

一转眼，许老先生离开我们已经五年多了。每次翻阅许老先生著的《许淇文集》，老先生的音容笑貌就会浮现在我眼前。许老生前反复对我说多多读书，还送我许多他亲笔签名的书。他送我的一幅红艳艳的梅花图，我悬挂于书房，时时鞭策着我。

许老先生在文学史上留下了一串坚实、清晰的脚印，竖起了一座高耸云天的丰碑！

生命中的贵人

今生，我得过无数的帮助，它们有的如日月光辉，有的似闪亮的星星，有的可比作烛光篝火，都在我心中长明不灭。

生命中的贵人是谁？是父母、恩师、朋友，还是同事？

2016年我准备转行，刚开始想从教育界调到文化局，后经文友介绍去了某基层党政机关搞宣传。当时，抱着试试的心态，拿着一本自己的散文集，与约好的基层党政机关的杨永刚先生见面。我带着忐忑不安的心情走进了领导的办公室，见到特别年轻、温文儒雅的杨永刚先生，简单询问后，我匆匆离开。没多久，我收到文友的信息，让我去上班。当时蒙了，这么快！这么顺利！恰逢那年棚户区改造，我被派分到社区第一组搞宣传工作，每天拍照、写信息稿等。每天我按时上班，可是这领导比我还早。当我推开门时，领导已在办公桌旁，开始一天的工作。

镜头一：因隔壁邻屋拆迁，把一户人家的电线线路给弄坏了。男人情绪很激动地进来，此时正下小雨，一会儿大雨倾盆。杨永刚书记安慰，并承诺马上去解决问题。雨势越来越大，别人劝杨书记等雨小点再去，但他还是一头扎入雨中奔向那户人家。

镜头二：夜幕降临，杨永刚书记亲自入户查看危房，向行动不便的孤寡老人送去问候，并指定专职工作人员定期帮扶，优先解决危房拆换手续。那年是我从业来最辛苦的一年。在杨永刚书记带领下，我所在的单位被区委组织部评为"先进基层党组织"。我的宣传报道在《内蒙古日报》《鄂尔多斯日报》《东胜区时讯》等报刊上发表，市电台、百姓直通车也对此进行专访报道。

偶然翻看微信朋友圈，被杨永刚书记的一句话震撼："幸福的根本，并不在于你拥有了多少金钱，而在于你减轻了多少欲望。"这是一种怎样的胸襟！在这物欲横流的时代，多少人渴盼拥有金钱，而他学会做减法。古希腊哲学家艾皮科蒂塔斯曾说过：一个人生活中的快乐，应该来自尽可能减少对于外来事物的依赖，只要内心坚定，遇到外物时，就能应付自如而不为它们所累。

2017年，他离开曾经工作的单位，到企业工作，将他办公室的好多书赠给我。他一直关心曾工作过的辖区的居民生活。2020年12月，他为公园街道辖区内30户贫困大病儿童家庭捐赠救助金6万元，每户2000元。杨永刚先生说："企业在发展的过程中，不忘践行社会责任，积极弘扬慈善文化，推进慈善事业。公司在发展的过程中将继续热心公益，扶贫济困，爱心助学。"这海水般的深情，这种大爱影响和改变了我的人生观，使我更加热爱生活，更多地关爱他人，以感恩之心，对待天地万物。

人生中遇到一种情，如空气，亦如水，虽不时常想起，但无处不在。感受着星光的注目，心灵得到温暖。

第二辑　阳光拂过草原

阳光拂过草原

对草原的思念，不时搅动着我的内心。原以为心灵已麻木，只有瑟瑟秋意，无可奈何地向着冬季的苍茫无边坠滑。好友带我去那油画般的辽阔草原上，让我听到阳光拂过草原的声音；让我看到鲜花怒放的清绝、孤傲和优雅；我被那蓬勃的植物折服。草原给了我一次生命的洗礼，一次心灵的抚慰和安宁！让我魂牵梦绕！

记得那日接到好友的电话："彩梅，我带你看草原。""好呀！"我没有问去哪里看草原，便一口答应下来，在前往草原的途中，我才搞清楚是去辉腾锡勒草原。同行的朋友笑着说："你不怕把你卖了？哪有你这种人。""是呀，我太相信冬梅了，她去哪里，我就去哪里，特别放心，卖就卖了吧。"我无比信任地说。三个多小时的车程，我们来到了美丽的辉腾锡勒草原，辉腾锡勒意为"清凉的山冈"，平均海拔2100米，它位于内蒙古乌兰察布市察哈尔右翼中旗，地处阴山北坡、大青山东段，方圆600多平方公里，气势磅礴、重峦叠嶂、鲜花遍野，是中国地貌最独特、景观最丰富的大草原，是内蒙古最美的鲜花草原，是世界三大高山草甸鲜花草原之一。一到草原，远远看到一排排巨大的风力发电机矗立在一望无垠的绿波上，儿时电视上的画面与现实景观重叠。风车近了，近了，我们的车似小甲虫一样驶过矗立在绿波上的千台风力发电机，与高山草原上蓝天、白云、羊群、马群构成一幅壮美的草原盛景。

瞧！是草原专列，在绿波上徐徐开来，我们兴奋地登上"和谐2号"。草原专列又缓缓驶过散步的牛羊，一川草色青袅袅的美，会飞的马群吸引着我们，绿草就像卷曲的绿毯，点缀着如山萝卜、银露梅、勿忘草、狼毒花、沙参、狐尾蓼、地榆等野花。这有名的无名的多达300余种植物，其中漫山遍野的世界稀有植物有18种之多。美丽的草原迷醉了所有踏入她怀抱的人们。沐浴着阳光，微风吹拂发丝，嗅着花香，忧伤的心绪还是抵抗不住绿意，行走在绿波里，感到心儿也是绿的，有一种远离暗尘的潇洒，这是让心灵休息的家园。我咬着一根草茎，眯着眼，哼着那首《陪你一起看草原》，看那青青草，看那蓝蓝的天。是呀，冬梅与我，我们的父辈是同窗同学，我们曾是同行，我们名字都含有"梅"字，有梅的气韵，我们有太多相同的爱好，比如旅游，又如都喜欢在文字间游走，都具有陕北女人的热情、贤达、善良。置身草原，有好友相伴，感觉到四周一切都那么愉快地发出光辉，空气那么清新。我忽然发现两只挤挤挨挨的小花，因岁月的风、光阴的霜，浅了颜色，淡了香气，心无尘埃中突兀绽放……我们携带友情，且行且驻。或拍着美景，或坐在草地上看着别人沉醉抒情的姿态。我们走到辉腾锡勒草原的深处，那里藏着一片美丽、独特的风景——牛旦沟生态沟谷，在那里，没有望不到边的草原，只有郁郁葱葱的草原林海景观。慢步走入草原的牛旦沟，天然氧吧，柽柳滩，郁郁葱葱的草原林海时，那些白桦林，让我感到自己的身体像是蜕变的白桦树，年轻、饱满的汁液丰盈着树的每一道躯干、每一根叶脉，在我生命的深渊，一波又一波迸溅而出。累了，我们坐坐马车、骆驼车也是一种美的享受。不知不觉，来到黄花沟巨石中间，穿越林间，鸟儿鸣叫，让人感叹自然的神奇。这里是有上亿年的历史积淀，素有"大青山地质博物馆"之称的第四季冰川地质遗存——黄花沟地质公园。行走在地质公园内，仿佛身处天然的博物馆之间。奇石遍地、悬崖壁立，让人感受到不一样的视觉冲击，祥鸟峰（一镜天）、望汗石、经卷山、鳄鱼峰、象鼻，独特的草原峡谷风貌令人震撼于大自然的鬼斧神工。还有那魅力无穷的山泉，由东向西，在黄花沟中间飞流直下，在阳光照射下，生发七彩的长虹。我疯狂地爱着这个让我沉迷的草原，我们在她的怀抱中矫情地摆弄姿势，留下了对美的激情和冲动。让我们听听那会唱歌的瀑布吧，她将那忧伤洗涤。让蓝天拥抱着我们，让流浪的白云做我们的霓裳，让清香的草的气息熏醉了我们，沐浴在柔和而宁静的时光里，我感到我不再枯竭，我们仿佛能听到友情在彼此灵魂深处的细语，瞥见彼此内心深处的光明、安详和喜悦！但现在黄昏来临了。晚霞像火焰一般燃烧，遮掩了半个天空。空气特别清澈，远处笼罩在一片祥和之中。是呀，怎能错过看原汁原味的《相会敖包》？那是以游牧民族传统的敖包祭祀与草原那达慕活动，实景与表演相结合、民族风情与歌舞器乐相辉映，以游牧文化极具魅力的艺术特征，再现了敖包祭祀的神圣礼仪，展示了马背民族对敖包的无限深情和那达慕盛会的欢腾景象，传递了蒙古民族崇拜自然、天人合一的淳朴思想，在实景演绎中领略敖包文化的绚丽多彩与博大精深。再累也要观看！再累也要篝火的狂欢！仓促的红尘之外，我们与草原一起呼吸，滋养心灵。

经过一天的游览、观看、狂欢，累了，躺在小木屋里，拉开窗帘。夜深人静，草虫不再鸣叫，马儿沉沉入梦，草原也似乎陷入沉睡中。难得有机会远离城市的喧嚣，享受草原上独有的宁静，享受这份静谧，享受这片高山草原上震撼人心的星空，感受宇宙的浩瀚。我看到的风是绿色的，柔而刚性，呈流线型的，有野草的青涩和泥土味儿。很快，风穿过草原，风车在悠闲地旋转，弥漫成一片灯海。

从草原回来，我蓦然感受到生活的不朽与壮美！

莲一样的女子

俊格丹丹的，含笑着，露出两个深深的酒窝，纯朴的阿莲，绽放的容颜如莲花开。这是我二十多年没有见过面的阿莲，款款向我走过来。

古往今来，人们都喜爱莲花，用"一尘不染""出水芙蓉"来形容莲花。莲花亦名荷莲，别称芙蕖、芙蓉等。伟大的诗人屈原"集芙蓉以为裳"，周敦颐的"出淤泥而不染，濯清涟而不妖"几乎成了莲的代言，还有朱自清《荷塘月色》"叶子本是肩并肩密密地挨着，这便宛然有了一道凝碧的波痕"。在古埃及神话里，太阳是由荷花绽放诞生的，睡莲因此被奉为"神圣之花"，成为遍布古埃及寺庙廊柱的图腾，象征着"只有开始，不会幻灭"的祈福。而在东方的佛教中，莲花的完美就更为人所称道，超凡脱俗之气被视为永恒超越的精神象征。在庙堂的壁画、雕塑与典籍中，诸佛与大菩萨常常端坐于莲花之上。因此，莲就是其中一个重要的象征。它寄托着人们对永恒，对未来，对到达美好世界的渴望与理想。世人给女孩取名字时总喜欢带上一个"莲"字，如金莲、银莲、玉莲、翠莲、晓莲等，都爱莲之美，敬莲之风雅与气质。

那个叫阿莲的女子是我的发小，我俩同岁。她三岁时，跟随父母搬迁到我们的村子，我们两家的距离不到 800 米，一条东西走向的季节河缓缓从我们两家中间穿过。夏天，我们提着小箩筐，在河里捞小鱼；冬天，我们三个一伙、四个一群在结实的小河床上滑冰。上小学，我们在同一所小学的同一个班里读书；上初中，因学生多，我和阿莲被分在两个班级里，两个教室之间隔一堵墙，我们的语数英及其他科的老师，都是同一位老师。我们经常课后相约去学校周边的树林里看书。此时的阿莲越来越漂亮，她的独特、美丽吸引了比我们高几年级的高大帅气的男孩们的目光。后来，我和阿莲高考都落榜了。我复读。听说阿莲的父母按照当地的风俗将阿莲许配给了我们村一户家底不错的干部子弟，阿莲坚决不同意。阿莲自由恋爱找到了自己的真爱。与阿莲再次相见是二十多年后的某一天。记得当时有一位友人告诉我她有阿莲的电话时，我用激动而颤抖的手，拨通了她的电话。电话里传来她甜美的声音。我俩迫不及待地约了地方见面。那个含笑的阿莲，已是一位特别精致的女人，身姿优美，由内到外散发着让人无法抗拒的魅力，岁月没有在她的脸上留下多少痕迹。我们叙旧，我们相约故乡的杏花滩看杏花，相约去故乡最大的淡水湖——红碱淖，或者她和同学相约到内蒙古来看我。她的为人处世里，透露着独特的气质和内涵。

阿莲有一副好嗓子，唱信天游唱得特别好听，如那首《为你跑成罗圈腿》：

三十里的明沙

二十里的水

五十里的路上

我来呀看妹妹

半个月我看了妹妹

十五回呀十五回

为了看妹妹

哥哥跑成罗圈圈腿

明快的音乐，甜美空灵的声音，总能勾起我对故乡的怀念。我生活的陕北小村子，我的父辈都喜欢唱信天游。我的三叔、同宗的姑姑们个个都是唱信天游的高手。我的四爷爷不论在酒席上还是日常劳作中，总是边干活边喊上两嗓子，唱出生活的幸福、生活的艰辛。我的母亲也是唱信天游的高手，她曾经是村里的秧歌队队员，我的父亲也拉得一手好二胡。生活在塞外小城的我，时常怀念故乡，便打开唱吧听一听阿莲的歌。阿莲原生态的陕北民歌唱腔，歌声甜美、清脆，以一曲《山丹丹开花红艳艳》和一副纯朴的陕北妹子形象让听过她歌声的人今生难忘。

　　每次我回陕北故乡，阿莲都陪我到处转转。记得那年寒冬，天气特别冷，阿莲陪我去看乔家大院、白家大院……看看被岁月熏染成黑色的瓦、青色的石的陕北四合院。宁静的色调里，就有了一种温暖、舒适的沧桑之感。与阿莲相处，总能感到她身上散发出的魅力和自信的气质。也因阿莲，我喜欢上了莲花。听说塞上榆林古城有一池莲花，相约好几位姐妹在夏日去欣赏莲花，去赴一场"手心相莲，为荷而来"的盛宴！那是一池纯朴宁静、美丽无比的莲花，莲花的叶子都突出在水面上，在那纤细的茎的支撑下，在微风中翩翩起舞。或许去得早了，绿叶中衬托着几朵纯白的莲花和花蕾，白而不妖，清而不素。我们嬉戏着，吟着咏莲的诗句。我们在莲池边摆弄着各种姿势拍照。瞧！那一朵莲花，高高地凌驾于莲叶之上，迎风弄姿，似乎在睥睨一切。此刻的阿莲穿一身淡青色连衣裙，亭亭玉立，宛如一枝出水的莲花，被傍晚轻柔的夏风拂过，一颦一笑都是那么醉人。岁月带不走她的光泽，反倒在时光的打磨中显得愈发耀眼。

　　世上很少有花能如莲花般直入人心灵，给人以心灵的抚慰，让疲倦的灵魂轻轻地舒展如莲。后来，我出差去上海、江苏，不去观赏别的风景，只想赏莲花。我会给一米多高的莲叶上撩洒一些水，微风拂面，莲叶轻摆，水珠晃动，制造各种意境去拍照，还将好大的莲叶当太阳帽来戴。有时静静观察小鱼在莲叶下嬉戏，偶尔看到从一米多高的莲叶间腾空而飞的小鸟，几秒钟后又落入密集的莲叶间……面对美景，总忘不了给阿莲发些各式的莲花图。我忽然想起席慕蓉的话："不能像佛陀般静坐于莲花之上，我是凡人，我的生命就是这滚滚凡尘，这人世的一切我都希求，快乐啊忧伤啊，是我的担子我都想承受……"对幸福美好世界与生活的渴望都应是一致的，那么，愿我们每个人都能像莲花一样给世界散发出一缕清香，装点一分美丽。生当如莲花般高贵、庄重、圣洁、芬芳四溢！

我时常想念那位如莲的女子！

茉莉花一样的女子

　　"好一朵茉莉花，好一朵茉莉花，满园花开香也香不过它……"听着这熟悉的旋律，仿佛听到洁白的花瓣绽开的声音，心境也瞬间悠然、清远。泡一杯茉莉花茶，清新的芬芳扑鼻而来，那淡淡的花香缭绕在空中久久不散，在清幽迷离的意境中，忽然想起那个聪慧、含蓄、素雅、感性的，具有东方女性之美，又宛如茉莉花一样的女子！

　　记得初二那年，班里转来一位叫莉的女生。她穿着朴素、洁雅，平时不爱说话，长得一副小家碧玉的模样，安静地坐在教室角落里。每天下课后，我主动与她说话，渐渐地我们混熟了。我常与要好的玲、莉下午放学相约去学校附近的小树林里读书。有时周末，我们相约去玲家改善伙食。我母亲也给我拿炸油条、猪油等，莉也拿炒葵花籽等，我们互相分食从各家拿的美食，还结拜姊妹。为了在学校里互相有个照应，比如打饭、打水之类的，我们三个成了形影不离的好姐妹。我们互相督促学习，有时也嘻嘻哈哈追逐打闹着，总有说不完的小秘密，私下也谈论着哪个男生长得酷等。后来课程紧，我们都努力学习，但都落榜了。再后来我们各自成家、生子，偶尔打听到莉在大柳塔，但再与莉相见已是二十多年后的一个春天。因父亲生病在榆林住院，我去榆林看望父亲，听说莉也在榆林。当打通电话时，那熟悉而甜美的声音一下子将我拉回少年读书时代。那时，我们姐妹谈到高兴时，莉便会发出银铃般的笑声。她身上有种迷人东西，宛如一朵纯洁的茉莉花，散发出一种独特的光芒，这种光芒从她美丽的、率真的、含笑的眼睛里闪耀出来，整张脸就焕发出愉快的笑容，让人不得不喜欢上她。

初识时一见如故，注定了今生相知相惜。当我与莉再次相见时，她含笑的眼睛变得更加明亮了。格外引人注目的与其说是她俊美的相貌，不如说是她文雅高贵的仪态。那天晚上，她和她老公请我吃饭，还请了在榆林的同学、文友作陪。一向滴酒不沾的我，那晚没少喝她家自酿的"老缸房"系列的纯粮食酒。可以说这是我今生喝得最多的一次。他两口子已经拥有自己的"醉乡酒业集团"。去年，第十二届中国西部散文节在陕北故乡举行，莉家酿制的"老缸房"纯粮食酒被作为会议指定专用酒。莉的酒生意做得特红火。现在莉过得特别幸福、滋润，孩子们特别优秀。莉已是三个孩子的母亲，但仍保持曼妙身材，甜甜一笑露出洁白的牙齿。而那张温婉的脸上，时刻洋溢着幸福的光泽。

因为莉，我喜欢上了茉莉花。我从百度知道，茉莉花早在汉代就从亚洲西南传入中国，迄今已有1600余年的历史，分为三大类：一是单瓣茉莉；二是双瓣茉莉；三是多瓣茉莉。常见的茉莉花品种有慢性茉莉、木本茉莉、宝珠茉莉、金茉莉、洋茉莉等。茉莉花的花朵紧凑且密，盛开的时候像烟花在天空绽放一样，花瓣会向四周展开，又像是被岩石激起的浪花，纯洁又持久。还记得那年我去苏州，作家韩树俊先生带我参观苏州博物馆，当时有花娘在博物馆的门口叫卖，韩先生给我买了两束花，绿色的叶托，洁白的小花，散发着浓郁的花香。我把一束别在胸前，一束戴在手腕，浓郁的香味让我陶醉，那也是我第一认识茉莉花。我眼前浮现出素洁、质朴、纯真、清秀的莉来。想起她又陪我去转榆林步行街二道巷，我们观赏着美景，回忆着少年时代读书时天真烂漫的事，那情景让我今生难忘。

因为莉，我喜欢上了茉莉花茶，因莉的谈吐间流露出一种气质，一种文雅，像一杯茶，细细品来唇齿含香。几乎每个周末，听一曲《茉莉花》，冲一杯茉莉花茶，"一卉能熏一室香，炎天犹觉玉肌凉"。于是，盖碗中的茉莉花茶，看到的是绿茶，却有了茉莉的香味与口感。茉莉花将香味送给绿茶，她的灵魂在绿茶中也得到了升华。于是每次去茶庄，我都让老板把店里最好的茉莉花茶拿出来，自此我认识了好多茉莉花茶，如茉莉大白毫、茉莉碧螺春、茉莉金针、茉莉茶王、茉莉环、茉莉凤眼等。品完上好的茉莉花茶，当然临走时也忍不住买些，带回家后再慢慢细品。

在中国的花茶里，茉莉花茶有着"可闻春天的气味"之美誉。南宋赵希鹄在他所编的《调燮类编》中记载有花茶的制作工艺。明初朱权在《茶谱》中记录有"熏香茶法"。明中叶，1541 年顾元庆删校的《茶谱》中较详细地记载了茉莉花茶的窨制工艺，所载花茶制法恰好与现代窨制方法相同。清初文学家张岱，在其著作《陶庵梦忆》词条中记载用日铸茶做茶胚，掺入适量的茉莉花，经拌和焙烘后，用刚煮沸的水冲泡，其色如雪，令人陶醉。《中药大辞典》中记载茉莉花有"理气开郁、辟秽和中"的功效，并对痢疾、腹痛、结膜炎及疮毒等具有很好的消炎解毒作用。常饮茉莉花茶，有清肝明目、生津止渴、祛痰治痢、通便利水、祛风解表、疗瘘、坚齿、益气力、降血压、强心、防龋、防辐射损伤、抗癌、抗衰老之功效，使人延年益寿、身心健康。

品茉莉花茶多了，我知道哪一种是福建产的，哪一种是四川产的。我特别喜欢喝福建的茉莉花茶。现在，无论北方人还是南方人都喜爱喝茉莉花茶。茉莉花已经成为我国，乃至全球现代最佳天然保健饮品。

有时周末读书，忽然想起莉来，我俩视频一下，一聊就是半个多小时，总有说不完的话。也许，多年来，我一直对她保持着最初的欣赏。我喜欢白音格力的散文《一朵花和另一朵花在一起》中的句子："想你的时候，云掉了一朵。想你的时候，花开了一朵。"那份淡淡的友情，那绿叶白花的茉莉花，令无数的文人雅士、寻常百姓为之倾倒，为之陶醉。除了各种茉莉花茶，我还喜欢上各色缤纷的茉莉花食饮料。例如：茉莉花糖饮、茉莉花牛奶冻、茉莉花百香果饮料、茉莉花银耳百合羹、茉莉金橘饮、茉莉玫瑰饮。还有茉莉花搭配的大餐，如：茉莉花汆鸡片、茉莉花豆腐、茉莉冬瓜汤、茉莉花熏鲳鱼、茉莉花蛋酥。除了以上这些，诸如茉莉花炒鸡蛋、茉香蜜豆花枝片、枸杞茉莉鸡、茉莉花粥等，也都是各地极富特色也享有盛誉的小吃。

莉，这样的女人给人很亲切很温暖的感觉，宛如一枚精致的熠熠生辉的茉莉花。她对待生活的那份淡然与从容，可以感受到她积极的人生态度。喜欢听一首《茉莉花》，想念一个人。让我思绪翩跹，穿越岁月的帷幕，飞往许多年前的初中生活。

一枚别致的叶子

　　在有限的生命旅途中，我总是不经意地，与一朵美丽的花邂逅，与一个倾心的人相遇。那年，我从教育领域转行到新的领域，与一位有天鹅颈、笑容甜美的女子成为同事。她与众不同的气质一下子吸引了我。她外在的曲线美、甜甜的笑容，举手投足都带着温柔，宛如轻柔的晚风拂过岸边的垂柳，一颦一笑那么迷人。渐渐地熟悉了，我问她是否会跳舞，她摇头否定。我又说那一定是会瑜伽，她含蓄点头。喜欢看书吗？嗯。难怪会让我忍不住多看她几眼，腹有诗书气自华。读书的女人，谈吐间流露出一种气质，一种文雅，像一杯茶，细细品来唇齿含香。岁月带不走她的光泽，反倒在时光的打磨中，显得愈发耀眼。她告诉我她的名字叫苗绿叶。从此我喜欢上了那一枚别致的绿叶子。

　　一晃，绿叶和我同事4年多了，但因所在的科室不同，每天见面不多。爱美之心人皆有之。我和绿叶经常相约逛街，走到衣帽店，我俩不约而同，手伸向同一款帽子——"你先试戴。""还是你先试戴。"我俩会心一笑。然后，不知疲倦地试衣服，一次又一次，直到满意为止。我们会消耗一上午或一下午的时光，饿了，去商场美食区匆匆吃饭，接着逛街试衣服，乐不思蜀。别致的她身上有着另一种性感。每次试衣服，绿叶的完美身材都会"一展无遗"，绿叶试穿的每件衣服都好似给她量身定制的，堪比模特儿，欣赏她试衣服也是一种享受。每次我俩都收获多多。

　　以前去绿叶的办公室，很少看见鲜花，今年因创建文明城市，发现绿叶的办公室鲜花特别多，我的办公室则没有，心想单位给人多的办公室购置鲜花，小办公室遗漏了吧？偷书不算偷，窃花也不算窃。我看上一株小巧玲珑、株型紧凑、叶片翠绿的白色盆景绿叶花。抱来，放置在我办公室窗台上养起来。工作累时，我会凝视那丛丛绿叶，那绿叶像绿浪翻，如绿彩染，映着我的办公室，绿了尘世，绿了河山，绿了心田。拈一指清风入怀，摘一片绿叶细语。有时会冥想，夏日的绿叶，一层层叠加，一片片蔓延，林荫小道、马路、公园、池塘，映着山河、云天、大桥、高楼、瓦房……某日，绿叶对我说："我栽的一株长寿花丢了。""你还栽花？"我惊奇地问道。"是呀，办公室里的姐妹今年每人在窗前栽了一小盆花。"我望着开满窗台的各种颜色的盆景花，惊愕道："我以为今年创文明城市，单位给你们办公室买的呢。""我现在去每个办公室查看一圈，看看是谁把我的花抱走了。我的那株没开花，又矮小。可偏偏丢了。"我感到自己的脸一下红了。于是，我开始劝说绿叶放弃找花："是呀，你那株又矮小，别人不偷其他的，偏偏偷你的，说明你和她的眼光一样的。别找了，即使找到也不好意思要回来吧？让别人替你养着吧。"我这么一说，绿叶放弃了找花。我带绿叶来我办公室："绿叶，你瞧，我这儿也有这么一株花。俗名长寿花，临近元旦开花，而且花期长，因此成为人们衬托节日气氛的'节日用花'。此花有很高的观赏价值，不开花时还可以赏叶，是非常理想的室内盆栽花卉呢。""是呀，我的花丢了，但我忘记我的花盆是什么样子的了。"绿叶挺失落的。我抱歉地解释道："这盆是你的花，我从你办公室抱过来的。这花谁养都一样，我养着吧。我正在构思写一枚别致的绿叶呢。"绿叶无可奈何地接受了现实。呵呵。严寒的冬日，有一株绿叶相伴，不由感慨：人生能有几时绿？握一份温暖于掌心，唯愿我们在繁华落尽，经历过人生的千回百转后，依然是那样安然与从容。终于盼来开花，花团锦簇，惹了春意。我拍照喊绿叶来赏花，绿叶说此花花期很长。我说："今年花开在我家，明年花开到你家。"

人到中年的绿叶，给人一种很亲切很温暖的感觉，犹如一枚闪光的绿叶子，会带动周围人感受生活的乐趣。下班后，她给我和其他同事发"快手"形体礼仪锻炼。长期伏案的我已长出富贵包，手麻、脚趾麻痛。她善意提醒我不能整天坐着，下班后要多多锻炼。渐渐地我也喜欢上了"快手"形体礼仪锻炼，缓解了我的手麻、脚痛。锻炼也要持之以恒。有时，她会将自己喜欢的书推荐给我看。我们一起飘荡在文字的秋千架上，看天高云淡，听和风细雨，品唐诗宋词。绿叶还是做饭的好把式，炸的油炸条金黄金黄的，酥脆，吃上一口，让你垂涎三尺。多数人认为中年女人只会在三尺厨房里变得臃肿不堪，在家长里短中变得了无生趣。实际上，我们才真是左手捡得起六便士，右手接得住白月光的存在。

　　我时常注视那株绿叶，它总能勾起我童年绿色的记忆。小小的绿叶，变成了美味，散发着特有的清香，那清香中又有着涩涩的味道。回味其中，思绪万千，感慨良久，要珍惜当下来之不易的生活。小时候，家里生活拮据，粮食不够吃，母亲去采来土豆叶、胡萝卜叶子、榆树叶等，用开水焯过，攥成团，将炒熟的豆子磨成粉，加在菜团里拌匀食用，以解饥饿燃眉之急。少年时，一次上音乐课，教室外下起了小雨，槐叶上挂满晶莹的水珠。音乐老师摘来两枚槐叶，合起来，竟然用绿叶吹出了一首曲子……

　　一枚小小的绿叶就这样传递着温暖，寄托着一段情、一段思。小小的绿叶，长长的情意。绿叶是爱的化身，是生命的象征和希望，是花儿的重要依托。红花绿叶、果实绿叶，显示着绿叶的能量和辛勤付出。对女人而言，最好的美不是浓妆艳抹，而是不需修饰，不需造作，洗尽铅华后依旧美得有底气。

　　今生，绿叶无处不在，绿叶时时相伴。

绿海上飘荡着优美的旋律

我们的车刚走到伊金霍洛旗时，呵，夏日的雨渐渐密集，像挂在车窗上的珠帘。雨急速奏出了欢快的天籁清音。我透过玻璃窗向外望去，辽阔的草原浸润得湿漉漉的浓绿，隐隐的绿雾渲染着朦胧的诗意。此刻，车载音乐草原歌嘹亮，飘荡四方。在优美的草原歌旋律中，我们禁不住有些微醉了……

塞北江南——巴图湾

傍晚，我们到达塞北江南——巴图湾。巴图湾是两只泛绿的宝石。轻烟笼翠，有一种静谧、超尘境界。去过巴图湾的人都知道，它在内蒙古自治区最南端、鄂尔多斯市西南部，地处毛乌素沙地腹部的万顷黄沙里，深藏一条碧玉般的河流，这就是美丽的萨拉乌苏河。她是黄河母亲的一条镶着绿边的金色带子。巴图湾，是萨拉乌苏河即无定河流入鄂尔多斯境后的那一段，地绿天蓝、碧水金沙、天然飞瀑、湖流渔猎、湾连着湾。这里广袤的大草原水草丰美，浩瀚苍茫的毛乌素沙地金色耀眼，一碧千顷的原始沙地柏丛林葱茏欲滴，兼具了大漠粗犷与水乡秀丽的美景。这里人烟密集，阡陌相连，中华鳖闻名遐迩，鲤、鲫、鲢、"鱼翔浅底"，被称为鄂尔多斯的"鱼米之乡""花果之乡"。

江南风韵的巴图湾把浓浓的绿藏在晶莹的雨滴里。雨中看你，你似梦。梦里见你，你是一支神奇的彩笔。走进你，像走进历史的通道，踏进你，就像踏进遥远的昨天。3.7万年前，古河套人就在这块广袤的土地上繁衍生息，并创造了著名的"河套文化"。闻名中外的萨拉乌苏遗址剖面——"河套人"，是揭示我国华北地区第四纪古地质、古气候、古环境变化的一个窗口，成为探秘鄂尔多斯高原远古历史的天然窗口。巴图湾像两个长长的连接号，历史、未来和现在在这里衔接。迂回曲折的河道，第四纪地层广泛露出，其水平层理清晰可见，尤以河湖相沉积及其埋藏的动物化石和古人类遗迹令人称奇。河畔上还有保存完好、曾经屯兵10万的白城子——大夏国都统万城遗迹。虽残垣断壁，但古韵犹存，让人联想起远古的辉煌。现今，聪明而有经济头脑的鄂尔多斯人，以萨拉乌苏遗址、黄土高原和毛乌素沙地这种独特的地域文化以及源远流长的历史文化底蕴，结合这里奇山、幽水、美沙等自然景观，打造了塞北江南美景与黄土丘陵、湖泊水乡、大漠孤烟并存的独特景观。让游人"返璞归真、回归自然"，放松、调整心态。呵！我认为，世上不会有别的地方能比这更瑰丽，更美好，我们深深地被她的美震撼了。

巴图湾之宴，我们品尝到正宗中华鳖、鱼。其肉质细嫩，味道鲜美，是上等的营养滋补佳肴。草原歌如这清新的空气，洗涤人们的精神，也洗亮了这里的格桑花和小草。这里的雨珠是绿的，水是绿的，风是绿的。人们在绿的海洋、在草原歌的旋律中沉醉……

绵绵的雨没有淋迟归期。我们虽然没有去看源头寻古、甘沟问泉、画舫览胜、千鱼竞游、古堡远眺、神龟默祷、水帘洞幽、大漠古都、天然渔猎、溪流飞瀑等景点，但是，巴图湾，你是一条多情的彩带，拴住了我的情愫和依恋。我愿躺在这里，开成小花，长成小草！

圣洁的蒙古包

美丽的蒙古包，坐落在绿色的草海中，圣洁的蒙古包宛若一座银色的小岛。含着乳香的炊烟，袅袅绕绕。是啊！"走进草原就闻到草香，踏进毡房就闻到酒香。"清新的草香带着雨露芬芳，醉了所有同行的人啊！

在这里能吃到正宗的蒙古套餐。它们是蒙古牧民的特色菜：酸奶、奶酪、奶茶、馓子、炒米、奶皮、酥油、传统手把肉、烤羊排、铁板蒙古烤肉等。吃在嘴里，满口留香，让人忘了回家的路。美丽的蒙古族姑娘，手捧着圣洁的哈达和银质的酒碗，唱着草原歌曲。那是天籁之音——蒙古长调带来草原气息，旋律悠长舒缓、意境开阔、声多词少、气息绵长……优美的旋律飘出草原。静静地倾心听一曲长调牧歌，犹如站在苍茫草原，让人顿觉辽阔草原花香风甜。闲云自飘的生命草原，散落在绿波中的牛羊骏马，明媚的阳光，轻飘的云霭，草原的明月和繁星，怒放的鲜花，清澈的流水，弹拨的琴弦……这种独特意境和神韵，给人一种豪放的阳刚之美。沉醉在悠长的流动旋律之中，让人忘了此刻是人间还是天堂。

颢儿臭臭

颢儿臭臭，是干女儿婷婷的宝贝女儿，出生才一百多天，粉嘟嘟的小圆脸，一对大花眼，真是人见人爱的乖乖女。

好久不见颢儿臭臭母女，还真是特别想念。与颢儿臭臭的母亲——婷婷聊微信，问何时才能到干姥姥家。颢儿臭臭母亲说再等等吧。颢儿臭臭母亲微信发来颢儿臭臭相片，问我：颢儿臭臭是否长大？我细端详，的确长得好快，好想抱抱她。终于盼来颢儿臭臭来干姥姥家。原打算我去接她们母女，婷婷说她在她母亲家，自己过来。我急忙去采购。接近中午，颢儿臭臭母女到我家。干羊肉、牛排已炖好，我正忙着炒菜，门铃响了。那天是 2020 年 8 月 9 日。

我擦干手，接过颢儿，她一点不怕生，一双黑豆似的小眼睛在看我，我试着跟她说话打招呼，颢儿小嘴巴微微张开，好像也在跟我说话呢。我抱在怀里，乖乖的。因天热，只好将颢儿放在沙发上。只要有一点点响声，颢儿就会蹬一下脚，小颢儿耳朵可机灵呢。忽然，颢儿发出哭声，她母亲闻声过来，一看，颢儿"画地图"了，她母亲戏说，她家的小仙女画地图也是花朵形状。还小仙女呢，放个小屁屁，把小脸憋红，还特别响亮。干脆叫颢儿臭臭吧！我私下偷偷地叫颢儿臭臭。当着颢儿她爸可不敢这样叫的。纸尿裤一换，颢儿舒服了，眯着眼开始睡觉了。

没多久，婷婷炒好了素菜，忙着往餐桌上摆碗筷。我望着颢儿半眯眼憨憨的睡相，想起婷婷曾问我，颢儿长得更像谁？我说，这活脱脱一个小婷婷吧。

我和婷婷相识也算很有缘分的。那年我从学校借调到教育局教育学会当内刊编辑，一干就是五年，后因停刊，返回学校，认识了在学校实习的英语老师婷婷。那时，英语课课时多，每天看到忙碌的婷婷。平时她在办公室说话很少，我在外面的饭局多，就叫婷婷和我一起出去吃饭放松放松。婷婷爽快答应。渐渐地我们走近了，我感到她像我家的孩子一样。我有两个儿子，要有个女儿多好。问婷婷她母亲的年龄，竟然和我同岁。我戏说婷婷做我的干女儿吧，后来婷婷改口叫我干妈。我喜得一个干女儿。我与婷婷父母亲相处得特别好。婷婷多个干妈疼爱，也是幸福的。正当我想给婷婷介绍对象时，婷婷告诉我她已经有了男朋友，处到了谈婚论嫁的地步。只要是婷婷认准的，我们都认可、祝福。婷婷在众人的祝福声中迈上红地毯，不久怀孕，平安生下颢儿。颢儿从出生到满月都特别特别乖，吃了睡，很少听到她哭。

婷婷说让我吃饭。我想颢儿可能要睡上一会儿，将椅子挡在她睡觉的地方。正准备离开，忽然颢儿哇的一声大哭起来，我急忙抱起来，摇摇哄让她再睡会儿，可这小家伙越哭声越大，我抱着她站起来在地上来回走动。颢儿还是大哭不止，我瞅一下纸尿裤，也没发现尿湿。我急忙喊婷婷，快来看你家小仙女吧！急得我脑门也冒汗了。婷婷哄，她也哭，意识到颢儿饿了，急忙喂奶，哭声一下止住了。等颢儿吃饱了，又眯眼准备睡了。我们也准备开饭了。当我们把她放好准备吃饭时，她可能闻到饭香了，又不睡了，哭起来。婷婷又忙着照顾她了。

颢儿再次安静下来，饭菜也凉了。我接过颢儿，把她放在床上陪她睡。我让婷婷自己热下饭菜，慢慢吃，我和颢儿躺下休息。我一觉醒来，已是下午4点50分，发现婷婷也在颢儿旁边躺着睡着了。这也是我多年以来午觉睡得最长最香的一次，只因有干女儿和颢儿相伴！

跌落在岁月深处的时光

那年，我中考又落榜。父亲看到寒窗苦读的我瘦到 45 公斤，劝我说，考学也是为了工作，先通过亲戚关系去包头青年炮厂当工人，不用锄地、晒太阳。在父亲的劝说下，我放弃再次苦读的机会，去包头青年炮厂上班。

包头青年炮厂，在包头东河、青山、昆区的中间地段，属于郊区地段。那里的女工都是周边农民子女，几十个女工拥挤在十几平方米的小平房。看着那些穿着肥大工作服、满脸疲倦的女工，我心里明白这里并不是我想象中的理想工作单位。恰好，我睡在上铺，下铺住着一个长着圆圆的娃娃脸、一对毛花眼睛、拖着一个长长的辫子的漂亮女孩。后来熟了才知道，她是炮厂的出纳，来自临河五原，叫吴桂梅。

桂梅每天上班骑自行车从宿舍出发，丁零零穿过一段土路到炮厂。我们其他女工步行1公里去炮厂，路窄人多，听到丁零声，我们主动给她让出路。因我跟桂梅是上下铺，渐渐混熟了。周末休息，桂梅约我去东河逛街。桂梅买了一双精致的小黑皮鞋，特漂亮。那时我一个月的工资才 45 元，每天工作，但仅仅够我的饭钱，余不了多少。我也想拥有一双精致的小皮鞋，可惜囊中羞涩。我俩在街上找个修鞋的，给鞋打些铁掌，防止磨损鞋底。因第一次给新鞋打铁掌，没提前与修鞋师傅说明，那修鞋师傅满鞋底给打铁掌，一算费用，快赶上鞋钱了。并且穿上走路特别沉重。桂梅和我与修鞋师傅理论：让你给易磨损的地方打掌，怎么满鞋底打铁掌？这么沉怎么穿？争吵归争吵，最后我俩还是付了钱。经此事后，我俩走得更近了。

炮厂食堂伙食不好，清水煮豆角、茄子、青椒。每次饭菜无多大变化。桂梅做的巴盟烩饼特好吃，她经常叫我去改善伙食。桂梅还将自己的花格裙送给我穿，让刚出校园的我打扮得漂亮些。桂梅不忙时，用刀子蘸着白色的乳胶，在已刻好字的模子上溜字。她纤细如葱的手，小心翼翼、举刀如笔地溜字。当初升的太阳照进来，我看到她脸上细细的汗毛发亮，鼻尖上细小的汗珠晶莹剔透，脸微微转红，黑油油的大麻花辫子垂下来。她另一手随手将辫子在脖子上绕了一圈，轻咬发梢，又沉浸在忘我的工作之中。那些气势磅礴的字，闪闪发光。

我在炮厂时，穿着肥大的工作服，先糊炮底，后又卷炮筒，因营养跟不上，我比以前更瘦，经常浑身无力气。虽然我每月都能完成任务，但仅45元的工资，除去吃饭几乎没有余钱。下班后，我又开始看书、自学英语，总感到这不是我长久待的地方。我的叔叔婶子周末尽量回青年农场，为我改善伙食。婶子将自己少女时代的旧衣服，都赠送给了我穿，我如获宝贝。远离家的我感到了温暖。

多年后，我通过自己的不懈努力，终于得到了一份理想的工作，也联系上了我十几年没联系过的叔叔婶子，还有桂梅。我去看望我生命中的贵人，回忆起以前，感慨万千！我们终于都过上了自己想过的生活。祝福！好人好梦！

刘成章其人其文

我是通过微信认识刘成章老先生的。

那时我加入一个散文微信群，无意间看见"刘成章"在群里发信息。我试着加为好友，没想到通过了。我试问："您写过《安塞腰鼓》吧？""是的。"当时我好激动，没想到竟然与自己仰慕已久的刘成章老先生通过网络微信平台认识了。我在屏幕上迅速打出："我也是陕北人，现在在鄂尔多斯工作。特别喜欢您的散文。"同时也告诉他自己的一些情况，因编辑《西部散文选刊》，希望老先生能够赐稿，也希望能够读到老先生的最新著作。老先生告诉我，他刚好出版了一本散文。我窃喜，发红包，老先生退款，说赠送。他还说，这几年特别关注《西部散文选刊》的发展，看到你们夫妇为西部散文做出的贡献，表示祝贺。没过多久（2018 年 11 月份），我收到精美的散文集《安塞腰鼓》。翻开，一股熟悉的故乡气息迎面扑来：那铿锵有力的腰鼓声，高跟鞋撞击石板街面的声音，高亢而缠绵的信天游，老黄风的声音；雪中婚宴热闹的场面，童年里的压轿场面，转九曲黄河热闹非凡的场面；山崖上枣树，陕北扛椽树，黑宝似的煤海景象；还有那些戴着白羊肚手巾的陕北男人等。这浓浓的家乡味，都勾起了我这个游子的思乡之情。多少个深夜，我沉迷在这本书里。两年多来，这本书一直在我的床头放着，我随手可以翻阅、品读，百读不厌。它写陕北，追求"土"（民族化和地方色彩）：有诗意的土，有灵性的土，向信天游靠拢。这就攫住了陕北的"魂"，也显出了他散文的精气神儿！

在收到这本书差不多一年后即 2019 年，我去河北秦皇岛看望读书的小儿。返程时路过北京，我决定顺路拜访刘成章老先生。他很高兴地将自家的位置发给我。我很顺利地找到了老先生住的小区，没想到老先生亲自下楼在门口接我，让我特别感动。我们一进家门，老先生让保姆阿姨订餐，订了陕北菜，还让这位保姆阿姨做上她最拿手的海鲜汤。我再三阻拦，也没阻挡住这份热情。老先生说，我上次邮寄给他的内蒙古特产，到现在还没吃完呢。

老先生很健谈。谈他的文学创作。老先生在读高一时，他的新诗（共九首）就被选入了省青年作者的"诗选"之中——就这样，他戴着"诗人"的桂冠而初涉文坛。以后他又由"诗人"变为"词人"，迷上了歌词写作。再后来他成了专业剧作者。他转向写"散文"乃是"新时期"以后的事，都到了 1982 年（此时他已满 45 岁），正所谓人到中年了，他却开始专写散文了！他这种自诗起步，而歌词，而戏剧，最后落脚于散文的创作轨迹并不多见。他说："看来，我更适宜于搞散文创作。""不过，我从前写诗、写歌词、写剧本的功夫也没有白费，它们在散文中全都派上了用场。"的确，那部绝版的散文集《安塞腰鼓》是最好的诠释。刘成章老先生的散文饱含强烈的时代精神和浓厚的艺术性，许多篇章堪称精品，反响不凡。有评论称刘成章是"描绘陕北的第一小提琴手"，他的散文是"无韵之信天游"，"里面有诗、有画、有悦耳的旋律；是可以吟唱，能够出声的散文，是名副其实的'艺术散文'"。

没多久，订的饭菜送来。老先生又让保姆阿姨端上她最拿手的海鲜汤，还亲自打开一瓶好酒。

老先生特别和蔼可亲。在老先生面前，我情不自禁唱了一曲《陪你一起看草原》，希望老先生能到鄂尔多斯转转。老先生也即兴唱了一曲由他自己作词的歌曲《崖畔上酸枣红艳艳》，这首歌曲入选中央音乐学院的示范教材。随后他感慨道：多年没有回陕北了。"陕北还有亲人吗？""没什么亲人了。家里三个孩子，女儿和一个儿子在国外，现北京有一个儿子。"我看到他在地面上的画，想起他的书里有一篇文章叫《水墨故乡欲成诗》。我说："您这是活了两辈子吧？其一是文学的成就。其二70多岁了，又开始画画。"听说办过画展。我忽然想起他曾在文中告诫年轻人：每个人都可以活两辈子。因老先生有午休习惯，我不忍再打扰，起身告别。老先生拄着拐杖，一直把我送到院子里。这时已到深秋，外面的风很大，我阻劝老先生回去，他仍然要送我。当我快走出小区大门时，转身还看到老先生站在院子当中，望着我，挥挥手。我的泪一下子流了出来。

2019年第12期《西部散文选刊》刊发了老先生的散文《神木散记》。神木是我的故乡，这篇千字文写出了神木的奇山野水，悠远深邃的杨家将历史文化，野嗓子唱出的信天游灼红了人的心绪，还有这块神奇的土地寸寸储着煤炭等。堪称一篇包罗万象的优美散文。我曾告诉他，只要我去送儿子上学，路过北京我肯定是会看望他的，并承诺在春暖花开之际邀请老先生来鄂尔多斯，顺便带他回故乡陕北转转。可是2020年一场新冠疫情阻隔了我前往的脚步。每次儿子都是自己单独坐飞机往返学校。年底了，终于盼到疫情好转，北方的天气又冷了。但一直与老先生在微信保持联系。老先生经常给我发一些有趣的新闻，陕北信天游，国内外趣味小视频，陕北榆林大秧歌视频等。耄耋之年的他仍耕耘不辍，我经常看到老先生在报刊上，如《文艺报》《光明日报》、"学习强国"等刊发自己的作品。我也经常转发他的文章。有时我几天看不到他的微信内容，心里就有点着急。

刘成章老先生已出版了7部散文集，其中《羊想云彩》获首届鲁迅文学奖；数十篇散文被全国多家报刊转载评介，有的被翻译成英、法等多种文字介绍到海外。他所写的《安塞腰鼓》《扛椽树》《走进纽约》《读碑》《压轿》等散文作品先后入选人民教育出版社、语文出版社、高等教育出版社、湖北人民教育出版社等出版的语文课本。特别是老先生1986年发表于《人民日报》的散文《安塞腰鼓》，被誉为"陕北人生命活力的颂歌，黄土高原厚重内蕴的礼赞"，先后选入人教版、高教版、北师大版、鲁教版等7种版本教材，已被近200位朗诵艺术家和许多晚会采用，成了互联网上版本众多的朗诵保留节目。2020年临近年关，老先生又给我寄来一幅陕北风貌的水墨画。老先生说："今年我可能去延安，可以先去鄂尔多斯，顺便再去延安。"我期待与老先生再次相见。

祝福刘成章老先生！

第三辑　斑斓的印痕

清明时节寄哀思

2018 年清明节，鹅毛雪纷飞，是一个充满哀思的日子。

天地苍茫。惨白的雪花忽上忽下飘飞，跌落成哀伤的泪，大地泥泞。我虽未归故里祭拜外祖父，但伤心的泪和着冰凉的雪水长流，脑际幻化出外祖父慈祥的面容。清瘦的脸颊，颧骨高高凸起，头上扎着白羊肚手巾，大裆裤腰间束根羊毛带，带上插一尺多长的旱烟杆——外祖父蹒跚地向我走来。外祖父啊，我是梅子！我哭喊着。瞬间，一切模糊了。雪越下越大。"太阳沉没了，灵魂艺术的太阳却升起来！"我心中被"太阳"点燃了思绪，纷繁的往事清晰起来。

外祖父是地地道道的陕北人。陕北人，是几千年来中原农业民族和西北游牧民族战争、杂居、交融融合出的优异的一群人。外祖父颧高鼻直，腮长眉浓，魁梧刚毅，坦诚豪放，有一种游牧民族的特质。他居住在半草原半沙漠地带。小时候，母亲怀上妹妹，我被迫断奶，只好将我寄养在外祖父家。外祖母已去世，外祖父和舅舅住。刚断奶的我，每晚哭喊着要找妈妈，外祖父将自己干瘪的乳头塞给我，哄我入睡。我将外祖父的乳头咀嚼得很大。外祖父用又甜又香的南瓜小米粥喂养我。等我刚会走，饿了，就将炒面用水搅拌成糊状喂我，或者将炒面捏成条让我吃。

最难忘的是，每天晚上大小便让我发难。每夜我都被尿憋醒。"我要尿尿，外公。"我喊外祖父。外祖父迷糊道："脚底有。"可我怎么也尿不进去。外公的尿壶口太小，我试了好多次也不行。可尿急，我也不知该怎样办，不管怎样，尽量尿壶里吧。外祖父忘记我是女孩子了，尿壶不适合我。第二天早晨，外祖父发现脚底的被头湿了，铺的毡子湿了，我一下脸红了。但外祖父没有责怪我。到了晚上我又尿急，但我不敢喊醒外公，怕让我在他的尿壶里撒尿。可外面漆黑，偶尔传来狗的狂叫声。我坐起又睡下，盼着天亮。想着妈妈，想着家里比我高的尿罐。我会骑上，痛痛快快一泄！此时我憋得小腹痛，我决定下地，出外方便。可当我下地开门时，怎么也打不开，风吹得门闩哗啦啦响。我吓得哭起来，尿顺着腿流出来。外祖父被吵醒了，将我抱起搂在怀里。早晨，我的那泡尿，被做饭的妗子发现。妗子拿些沙土将尿打扫了。连续几天夜里我都在房间地上尿尿，屋里一股尿臊味。妗子每次打扫都在唠叨，最后决定还是让我去她和舅舅住的屋方便。每晚，我会跌跌撞撞、迷迷糊糊爬起来去里屋舅妈和舅舅的房间方便，那时，家家住的火炕，尿盆子都放在最里边。为了不影响舅妈舅舅睡觉，我壮壮胆，蹑手蹑脚地费力爬上和我一样高的火炕，贴墙摸到尿盆子前，小心方便。可是舅妈还是被惊醒。连续几天这样方便，有时候，也会踩到舅舅和舅妈。舅妈说，影响休息，耽误干活，要将我送到离外公家不远的二姨母家。我离不开外公。当我看见姨母来接我了，我拽着外公的衣角哭喊着死死不放。无奈，外祖父说，还在这里住吧。我高兴了，跑去给外祖父点火，让外祖父吸旱烟。外公眯着眼，烟徐徐笼罩着外祖父，我呛得眼泪直冒。外祖父猛然发现，连忙在鞋帮上磕几下熄灭。可是每晚的方便还是问题，为了不让舅妈为我打扫尿，我努力在外公的尿壶方便。可是，每天被角还会尿湿。我壮胆去外边方便，又怕那公鸡。白天我吃饭，那公鸡扑过来，在我碗里抢饭吃，我不让，它用嘴啄我，脸上的伤还没好。还有那大山羊，能一头将我撞翻。外面黑乎乎的，我不敢出去。舅妈舅舅屋我也不能去，我一直憋着尿，睁着眼盼望天亮。不知何时我又睡着了，却被冰凉的尿给凉醒。我害怕极了，哭起来。外祖父将我搂在怀里，自己睡在我尿湿的地方。

不久，我和外祖父去姨母家串门，我问姨母，你家晚上能尿尿吗？姨母被我的问话逗乐了。这丫头，怎么问起这个来了？当然能了。我对外祖父说，我要住姨母家。外公有点不舍，我说：外祖父，我想您，我会看您的，您想我来看我。每隔一两天，外祖父就来看我，每次都给我拿好吃的。有时他会将我背回自己家去，傍晚再将我送回姨母家。我在外公宽厚的肩膀上睡着了。

有时我和外祖父一起放羊，外祖父会给我讲许多故事，如《牛郎织女》《狐狸精变白菜》《小白兔种菜》等，还教我数数、唱歌。有一次，大我三岁的表姐，不知何故将我逗哭。我哭喊着要找妈妈。外祖父的房后长满了密集的沙柳，我趁人不注意，跑进沙柳林。那密集的沙柳好高好高，进去我就迷失了方向，走了好长时间，还在原地走，我忍不住低声抽泣。这时传来外祖父焦急的呼唤声。我心中怨恨外祖父外出不带上我，心里想我不答应，让你们好好找找。这时舅妈舅舅也在呼唤我。我听到外祖父训斥舅舅：我刚走一会儿，孩子就不见了。要有三长两短，如何向高家交代？外公一边呼唤梅子，一边道：你这丫头，听见不答应，我找见你，把你连夜送回高家，以后别来外祖父这里，外祖父不疼你了！我听到舅舅舅妈姨母的呼唤，还有好多陌生人的呼唤声。不远处传来鸡鸣狗叫的声音。我铺好衣服准备在沙柳林中睡觉，准备第二天一个人回家。我又听到外祖父沙哑的呼唤声，心疼外祖父，我立即答应着。当外祖父找到我时，我冻得发抖，哭喊着："外公你去哪里了？不要梅子了吗？"外祖父疼爱地将我抱在怀里，用他那硬硬的胡子扎我的脸。我感到外祖父哭了，清凉的泪滴在我的小脸蛋上。我说："外公，是我不好。"外祖父脱下自己的外套，裹在我身上，抱着我回到了家中。

还有一次祖父来看我，外祖父说："高家的孙子我不看了。这丫头稍有不如意，就往北跑，跑到沙柳林。那天差点没找到，担当不起。"外祖父知道饥饿无情地席卷家人，何况我家里又添了弟弟，现在少吃少喝，而外祖父家底比较殷实。祖父说："亲家，让孩子再待一段时间吧。"善良而慈祥的外公，默然答应。他也知道他的小女儿、我的母亲每年也是靠他接济度日。母亲有时只能吃点糠炒面、玉米糊糊和野菜，那张脸蜡黄蜡黄的。从此，我只要听到祖父来，就赶快躲开，我不想离开外祖父。

　　年轻时的外祖父，还是一个好猎人。隔几天，外祖父便带着猎枪出去，每次都打回些野鸡野兔。可是我住在外祖父家时，外祖父已经70多岁了，眼都花了，没办法打猎了。有一天，我和表姐喊饿。外祖父让我和表姐别出声，他在一丛沙柳上撒把秕谷，不一会儿，落满一群觅食的麻雀。外祖父举起枪，对准沙柳开枪。我和姐姐吓得捂住耳朵，"砰"的一声，硝烟四起，叽叽喳喳的麻雀有的掉下了，有的吓飞了。等硝烟散去，外祖父招呼我和表姐拾落在沙柳丛中的麻雀。外祖父将麻雀烧在一堆点燃的柴火上，柴草燃烧得噼里啪啦，滚滚浓烟弥漫。外祖父将烧好的麻雀肉给我和表姐吃，我吓得不敢不吃，可表姐不怕，吃得嘴角流油，说可香了。看着她的吃相，我更饿了，一直吞口水。外祖父也劝说："味道可香了。"实在太饿，我品尝了一小口，真的味道好极了，于是大口大口吃起来。我让外祖父吃，外祖父说他不饿，吧嗒吧嗒抽着旱烟。以后，每次想吃肉，外祖父就用此办法为我解馋。

　　我的表姐小时候不好养活，姨母在她几个月时就给她订了娃娃亲，每年，男方要给缝制一条裤子或一件上衣。那天，男方送来一条裤子，姐姐穿上，小得多。姨母让我穿上，五六岁的我，穿上新裤子，正合身，可漂亮了。自从出生，我一直穿大人改小的不太合身的衣服，第一次穿上这新衣服，心里可高兴了。本来姨母让我试试，没想到我穿上不脱。姨母好说歹劝我还是不脱。这时表姐哭着要裤子，我死死拽着不脱。无奈，姨母强行扒下裤子。我哭喊要穿新裤子，姨父抱起我连夜送到外祖父家。途中，我不喜欢姨父抱我，姨父力气大，把我强行头向下，颠倒抱。我因途中挣扎、哭喊，当到外祖父家时，脸乌黑，已经不会哭了。外祖父训斥姨父，会因一条裤子出人命的。好多天，我嗓子发不出声来。外祖父疼爱地把我拥在怀里，承诺也给我做条新裤子。从此我寸步不离外祖父，给外祖父点火抽旱烟。直到七岁，该上学了，父亲将我接回家。我不肯去上学，外祖父答应我，他会常来看我的，我才勉强跟父亲回去。

回到家，见到比我小一岁多的妹妹、小三岁多的弟弟。看到他们喝的玉米糊糊，我推碗说不好吃，难咽。妹妹抢过去一口气喝完。他们平时还喝不到纯玉米糊糊呢。我才明白外祖父家生活比自己家好多了。可是我只能放假去外祖父家了。后因忙于学习，假期去外祖父家也少了。母亲说，外祖父八十多了，让我和妹妹去给他洗洗衣服。我和妹妹骑自行车三十多公里去外祖父家，那路极其难走。有十公里的沙路，不能骑车，只能推着走。那年我十六岁，妹妹十四岁。我和妹妹到外祖父家，外祖父高兴地拉着我的手。我和妹妹给外公把衣服洗干净。好想和外公说说小时候的事，但因时间关系，急匆匆回家了。

在听到外祖父去世的消息时，我念初三。我从别人那里听到，泪哗一下流出来。我急忙请假从学校返回家看母亲，我知道此时的母亲最伤心。我看到母亲悲切的面容，为了母亲，我压抑着心中的悲痛。母亲用沙哑的声音告诉我，外祖父走了。我曾想自己挣钱后给外公买好多好吃的，可是外公未等到这一天。而今我有能力为他买许许多多好吃的，但他再也吃不到了。

此时，西南风吹得更猛，雪更大。我沉浸在悲伤中。"阿姨，去学府小区怎么走？"我被稚嫩的询问声拉回现实，转身看到一个十二三岁的小男孩，身上、头上已经落了许多雪。"孩子，你怎么一个人？""我补习英语，迷路了。""我给你钱打的吧，让司机师傅送你回去。""不要不要，我不能随便拿别人的钱。"小孩见我掏钱，连连后退。"那你家附近还有什么建筑？""好像有个公园。""是东胜公园吗？""是的。""那好，我带你去，我也去那里。"小孩高兴地连连说太好了。刚走几步，又有一个大男孩问我："阿姨，汽车站怎样走？"我热情地指点："你走反了，下个十字路口向左拐，就看到汽车站了。""谢谢阿姨。"那个大男孩快步转身走了。我和小男孩迎着风雪，当走到公园时，小男孩快活地叫起来："阿姨我看到家了！"他用手指着灰茫茫的耸立的高层建筑，又向我摆摆手："谢谢阿姨！"

　　不知何时雪停了，公园的草坪上铺着厚厚的积雪，雪中的小白松，越发墨绿、油亮。我的心里一热，忽然明白，是土地赋予小松树坚强不屈的灵魂和宽厚仁慈的胸怀，如我外祖父给予我无私的厚爱，在挫折坎坷、布满荆棘的人生路上，我将把人间的爱传递下去。我知道我该回去了。

　　愿外祖父安息！

感怀生命的岁月

您走了，永远地走了，走在劳苦的奔波的路上。得知您因车祸去世的消息，我心里泛起浓浓的哀愁和思念。愿天堂里的您，安好！

那年冬天，我回陕北神木看望父母时，又见到儿时的朋友晓莲，谈到村里的人事。无意中听到您的死讯，我的泪哗一下流出来，所幸她们忙于做午饭，没有注意到我的失态。

可恶的金融危机，让我没有及时给您转借钱。您曾打电话和我借钱，当时，我手头紧没有借给您，我当时承诺，等要回钱后，多少会转借给您的。后来我曾发信息打电话给您，可您既不回电话也不回信息。我以为您生气了。您曾对我说："你是我这辈子教过的学生中最有出息的，生活也是最富有的。"当您打电话向自己的学生借钱时，竟然开了空口。我好后悔啊！假如我当时想尽一切办法借给您钱，您是否就会躲过此劫？

当我听到您为了生活，和妻子开着三轮车去榆林进面筋准备到街市卖掉，途中与另一辆三轮车相撞，您当场死亡，我简直不敢想象这恐怖的场面，任凭眼泪在心中泛滥。我曾微信询问其他同学，想从他们那里详细了解您的车祸的事，又因正过年不好意思询问此事。春节里，我的心情一直不好，闷闷不乐，好想躲起来痛痛快快地哭上一场。

今早起床，向窗外望去，白茫茫的，我知道又下雪了。大地一片洁白，我走在这圣洁的雪上，又想起您——我的老师哥哥。

那年，我也回村任教，和您成了同事。我曾趁您不注意，用手指在您额头上敲，笑着说："还记得吧，您当着全班学生训斥我，并用手指敲我的额头。今天终于有机会报复一下了。"说完我咯咯笑着跑远了，您气恼又略带笑意说："你这死女子，还记恨。看来老师不能对学生动手。"从此，我不再喊您老师，而是"老师哥哥"。如果没有记错的话，您应该大我七八岁。刚刚踏入社会的我，像琼瑶《窗外》的主人公一样，喜欢上了您。责任大于爱情，已是两个孩子的父亲的您很认真地对我说："你会找一个比我强的优秀男人。"

后来，我结婚又离婚，您知道我的婚姻的痛，曾向其他人表示难过。也许是命运吧，离婚后我再次和您在同一所学校任教。那时的我，情绪低落、非常自卑。您的生活压力更大，一个人供四张嘴。虽然经常见面，但已无心深谈。而今，我毫无目的地走在这圣洁的雪地里，好想大声哭出声，可是一点也哭不出来了。可怜的人啊！

再后来，我复婚去了内蒙古鄂尔多斯，和您联系更少了。有时回小时候住的村子，您母亲只要听到我回村，就来我家串门，羡慕我母亲有个孝顺女儿。我笑着说："认我做干女儿吧。"然后将自己带给母亲的小吃给您母亲吃。您母亲逢人便夸，她虽然有三个儿子，但只有您这个二儿子经常照应他们老两口，而今白发人送黑发人，她得多伤心啊！

我的父母亲搬离小村庄，我也多年不回小村庄了。我不知您那可怜的老母亲生活怎样，只恨苍天为什么这般残忍，让人心痛啊！

雪越下越大，到处白茫茫的，我掏出手机拍了几张静谧的雪地风景。一直往前走，走到感觉腿有些乏困了，便放慢了脚步。不由自主又想起您。听说您的儿子大学毕业工作了，因原单位不好，你又给调换了单位。有一次，您打电话告诉我，您将自己的女儿安排在伊金霍洛旗的邮电局，自己也提前离岗了。我原以为这样您可以省心好好为自己生活了，没想到您还在为生活奔波。

去年，多年不联系的您打电话问我，能否转借一万元。我当时手头紧，就告诉您现在正往回要钱，只要一要回来钱，就借钱给您。隔一段时间，您来电话笑问："是否怕借钱不还呢？"我苦笑："不是的。"当我再打电话、发信息给您，您一直不回。悔恨啊！泪水中，常幻出您急奔的形影。而今无论亲人、您的学生多么不愿意您走，可是上天或许看不过您的劳苦，强行将您带走了。这又是多么的可悲！

我就这样想着走着，迎面碰上几个人。"好大的一场雪，多么洁白呀！""是的，景色不错，沿着这儿绕公园一圈。"有人说："这天气干什么好？娶亲好。""不好，潮湿的。"这伙上年纪的人边说边走在茫茫的雪地里，我才意识到我到铁西公园了。正准备走进公园，又看到铲雪车，听到隆隆声。我想不去了吧，转身返回。这时雪越下越大，当我走到公园拐角，听不到隆隆声了，发现公园又多了松木护栏，还是去看看，再走走吧。我绕过护栏，小心走下台阶，又想起您，听说你们准备给孩子结婚办事，没想到发生了这种意外。我想肯定是您女儿吧。您曾打电话托我给您女儿找婆家，我离她远，一直没有合适的介绍给她。细想，我没给您帮上一点儿忙，深感内疚。我小心走着，忽然听到小孩子的声音。转头看到四五岁的小孩和他的父母漫步在雪地里，或许因路面滑，他们改变了路线。我忽然意识到，我该回家了，于是原路返回。

在这圣洁的时刻，想您！缅怀一个人，一份情，一段永不褪色的记忆。脱离了人间劳苦的您，安息吧！

秋虫鸣唱里的东胜

恋上绿香，爱上一座城市。

绿溢香流的季节里，五彩斑斓的蝴蝶在树林里嬉戏着，偶尔掠过一只赤金的蜻蜓，耳际荡漾着鸟语啁啾。现代化、园林化、人文化的避暑休闲都市——塞上草原明珠东胜，散发着乡野和都市独特神奇的魅力！

东胜的秋天是诗意的，到处充满了清香的槐树味儿，行走时也总被绿叶和淡黄色小花相间的槐香牵绊。矗立在蔚蓝的天空下的楼宇，构成了与万里长空比美的风景。眺望这些壮丽而雄伟的楼宇，总感觉天空蔚蓝高远。金碧辉煌的楼宇好像雨后的竹笋，一下子冒出来，给人以惊喜。久住东胜的我，总感觉东胜陌生而亲切，经常见到碧眼金发的外国人，还有南腔北调的外地人。繁忙的街道车水马龙，人流如梭。常常得见的湛蓝的天空、明媚的阳光、婆娑的树、绿油油的草地，总愉悦丰盈着我的心。那些植在树坑里的菊，清香迎面扑来，那种经秋霜花更媚的姿态明媚在我的心坎。

栖息在美丽而迷人的东胜，心儿沉浸在恬适与幸福之中。周末的清晨，花喜鹊闹喳喳地叫，秋风飒飒吹来，秋意浓浓的。我漫步在花草馨香的东胜公园。几只洁白的蝴蝶，在花草间飞舞，草丛间散落着无数七彩的"珍珠"。不知名的小鸟藏在林间，清脆婉转地吟唱着，和着敲打水泥路清脆悦耳的脚步声，长长的影子在娉婷摇曳。道路两旁的槐树荚悬挂满枝头，金灿灿的。槐叶也是金色的，整个公园金光四射，整座城市熠熠生辉。喜悦荡满我心间。那是老家的柳树吧，还有已经结了蒴果的马莲。恋上了这里的一棵树、一棵草，我愿被囚禁在色彩斑斓里。最惬意的是伴着晚风，伴着星光，听秋虫的鸣叫，时而一串一串；时而合奏，时而独吟，像点缀草丛、树梢的音符编织成了一片蕴含生机的宁静。置身于淳朴的大自然，给我一种飘逸的遐想，淡泊的胸怀。

　　一场秋雨一场寒。淅淅沥沥的秋雨，洒落了好几天，屋内的光线阴暗，我的心情好郁闷。急急穿衣下楼，推门，一股清凉迎面扑来，直钻衣领。湿漉漉的秋雨，丝丝的凉意。秋意好浓。小区内的几株小杨柳，随风乱舞，片片小黄叶，在空中飞舞盘旋着。那美人蕉，娇艳欲滴，红的、黄的，叶片上滚动着晶莹的小雨珠。朵朵小秋菊秀气可人。槐树挂满了一串串发黄的槐荚，在秋风中摇摆着。更让我惊喜的是一根南瓜的瓜秧倔强地爬上了一米高的松树的头顶，结出碗口大的几颗南瓜来。抬头张望，公园里尽染金黄色、火红色，一种成熟后的美丽！

　　雨停，雾气萦绕。东胜的秋雾，别样的。天地朦胧，一切若隐若现。呵！雾是水蒸气凝缩的精灵，雾是雨珠的灵魂。瞧！它挂在树梢，绕在楼宇，弥漫在柏油路上，藏在公园假山、草丛中。雾是丹青的泼墨画，使一切变成素雅的风景，一种奇妙，一片凄迷。我探寻着雾的妩媚，在雾里游走。"唧唧唧唧"高亢而清远的叫声，撩拨着我的心弦。蹑手蹑脚地循声寻觅，鸣叫声戛然而止，移步离去，"唧唧唧唧""啧啧"又在欢叫，听，像在这边，一转身，却像在那边。草深，虫子机灵的缘故，难以觅着。聆听大自然的乐章，让我的心沉浸在一种宁静的遐想之中。儿时，秋天的夜晚，我最喜欢和大弟在野外捉秋虫。大弟每次都能逮住大蝈蝈，鸣叫洪亮。与邻居小孩的放在一起，展开战斗。猛扑过来，邻家小孩的那头临阵逃脱，向盆外一跃，不知去向。还记得在一个如水的月光下，大地一片静谧，纺织娘的叫声格外响亮，轻轻拨开草，哦，原来是它呀。"纺织娘"，体型较大，外形像蝗虫，仔细观察，它的身甲远没有蝗虫那般坚硬，更重要的是，它有着细如丝，长过其身的触角。蝈蝈清脆悠远的鸣叫传来，敏捷的大弟循声双手并拢，一下逮住一只绿蝈蝈，装入准备好的瓦盆里。直到听见妈妈悠长的呼唤声，才恋恋不舍地回家了。"啾啾啾啾"的清脆之声，将我拉回到现实，有一种幸福涌上心头。今夜，我收获了无尽的天籁之声。

很喜欢散步，尤其是在夜深人静的小区里漫步。那是一种享受。总听到秋虫抑扬顿挫、时断时续美妙的鸣叫声。鸣声低沉而响亮，那种听得见的宁静，让我想起法布尔《昆虫记》里的一段话："满天星星都看着我的时候，我觉得最美丽的不是星星，而是这个小小的蟋蟀的歌唱。"我曾邀请远方的表妹来东胜做客，与我听听自然的声音、都市的天籁。学中医的表妹告诉我，听鸣虫有节奏的鸣叫，能让人心静下来，对降低血压、缓解压力有好处的。蓦然回首，心头仍牵挂儿时绿树环绕的小村庄，东边是芳草萋萋的草原，西边是高低层次分明的庄稼，秋虫的鸣叫是秋思的泉源。听着秋虫的鸣叫，想到儿时的故乡；听着秋虫的鸣叫，仿佛洒下了暖暖的叮咛。母亲说，秋虫鸣叫是提醒人们缝衣裳、备干粮。天虽凉了，但淡淡的菊香连月儿闻了也迷醉了！夜深了，虫声愈浓。仰望苍穹，思绪放飞。生活在都市的人，今夜又有几个人能如我这般欣赏到秋夜的精彩呢？

品味东胜，这里天蓝、水净、风清、草绿。闲暇时，无论去"天下第一路"大秦直道、青铜文化广场、伊克昭公园、鄂尔多斯植物园、鄂尔多斯动物园，都能听见秋虫的鸣叫，分享这天籁的盛宴。塞上草原明珠的东胜，是迅速崛起的一座引人注目的现代化新城，她坐落在鄂尔多斯高原的腹部。是黄河母亲的厚爱，伸出长长的手臂，孕育生成。这里，人与自然和谐；这里，四季常青，三季有花；这里，是被誉为"南有海南岛，北有东胜"的避暑休闲都市。我深深地爱上了这个诗意的栖息地！我愿沉醉在浓得化不开的秋色秋声中！

参观鄂尔多斯青铜器博物馆

2015 年暑假的一天，我带小儿子参观位于东胜区的鄂尔多斯青铜器博物馆。蓝天映衬下的鄂尔多斯青铜器博物馆金光闪闪，它由厚重敦实的裙房、层层相错的环形布局的主楼和轻盈通透的穹顶三部分组成。据说，鄂尔多斯青铜器博物馆从镇馆之宝——匈奴王冠中获得灵感，以现代建筑手法重新架构，塑造独特的具有雕塑感的王者之冠主题建筑形象。它的建筑面积为 30089 平方米，总建筑高度 58.1 米，地下一层，地上六层。鄂尔多斯青铜器博物馆是国内唯一一个比较全面展示北方游牧民族青铜艺术的博物馆。鄂尔多斯青铜文化是以匈奴为主体的我国北方诸部族或诸民族共同创造的，是鄂尔多斯文化史上的一颗明珠。

走进鄂尔多斯青铜器博物馆，看到俄罗斯当代著名的雕塑家达西·纳姆达科夫雕塑的铜雕作品《香巴拉之光》。俄罗斯民俗博物馆、俄罗斯现代艺术馆、俄罗斯总统弗拉基米尔·普京、莫斯科市长都收藏了他的作品。达西·纳姆达科夫的作品中凝聚着一种原始生命力，展现了游牧人世界人与自然的互动和生与死轮回的朴素宗教情结，他被誉为"原始艺术的先驱"。近年来，达西的作品在欧美亚等大洲展出，各大博物馆和收藏家以收藏他的作品为荣。

上二楼来到参观厅，迎面走来穿着蒙古族服装的美丽的导游。"请走这边。从 19 世纪开始，在中国北方长城沿线地带陆续出土了大量以装饰动物纹为特征的青铜及金银制品。由于从鄂尔多斯及其周边地区发现的数量最多，分布最集中，也最具典型性，因此被称作'鄂尔多斯青铜器'在学术界也被称作'鄂尔多斯式青铜器'。"我询问：馆内收藏陈列本地区、鄂尔多斯青铜器文物多少件？导游说，一万多件。其中多为实用器，按其用途大体分为兵器、工具、装饰品、生活用具及车马器五大类。以青铜短剑、青铜刀、鹤嘴斧、棍棒头，各类动物纹饰牌等为主，又有大量动物纹装饰器物，有虎、豹、狼、狐狸、野猪、鹿、马、羊、牛、骆驼、刺猬、飞禽等种类的动物纹。青铜锥是缝制衣物的用具。镀、匙、匕是炊事、饮食工具。镜、挂钩属于生活用具等。从导游那里我还了解到，在汉代"丝绸之路"开通之前，早已存在着一条鲜为人知的沟通东西方文化交流的大通道，那就是途经欧亚草原的"青铜之路"。"丝绸之路"传播的是丝绸、陶瓷、茶叶等物品和四大发明等，而"青铜之路"传播的则不只是青铜器，还包括技术和观念。例如，关于牛、马、羊的饲养技术，青铜器的冶炼技术，马衔、马鞍、马镫的使用等，而且西传或东渐了多种多元的青铜文化。在战国时期至汉代的"青铜之路"上，欧亚草原青铜文化区域内，多个民族、多个地区、多种青铜器文化进行着经济上、文化上、贸易上、技术上的广泛交流，借鉴吸收、兼容并包，从而形成了青铜之路上丰富多彩、轰轰烈烈的交往、贸易、征战、反抗、分裂、交融的历史画卷。

鄂尔多斯青铜器或"北方式青铜器"具有重要的考古学、历史学、民族学研究的价值，同时也有极高的观赏性，是难得的古代艺术珍品，不仅引起了国内外考古学家、历史学家的普遍关注，而且备受各国古董商、古物收藏家的青睐，一时，收藏这类古代艺术品成为一种时尚，致使大量的鄂尔多斯青铜器流失海外，在世界许多著名的博物馆中，如美国纽约大都会博物馆、大英博物馆、瑞典远东古物博物馆、日本东京博物馆等，均可以见到这种独具特色的古代草原游牧民族的文化遗存，鄂尔多斯青铜器因而享誉世界。我和小儿怀着崇敬的心情仔细观赏这些精彩纷呈的青铜器，感受先民的无穷智慧。

一株瓜秧

　　夏日的清晨，一抹绿牵绊了我匆忙的步履。哦，原来自家五楼的阳台钢窗与窗台白色大理石的缝隙间，长出一株浅绿植物来，像豆芽一样纤弱的茎秆，有几片小小的叶子，一抹浅浅的绿，如一首朦胧的诗，积淀着不凡的生命精神：卑微、倔强、鲜嫩。这绝不是从缝隙里掉下去的种子，这粒种子隐藏在泥土里，应该是十多年前被建筑工人筑进我家阳台里，遇今年雨水多，阳光充足，于是生根、发芽，坚强地从牙签宽的缝隙中钻出来。这让我想起《种子的力量》，真有点担心，窗台会被它破坏，又不忍心将它揪掉。

　　过了几天，晾晒衣服，一下记起那抹绿，想它真长得不是地方，大地是它根系命脉之源，它却生长在不该生长的地方。它是否已萎缩和枯竭？当我再次投去关切的目光时，我惊喜地发现，小绿苗不但没有萎缩、枯竭，反倒更加葱茏和热烈，根部纤细墨绿，距根部五六厘米处几片叶子更加繁茂。长长的茎顶着桃形的叶片，叶片的边缘有不规则的锯齿，还长出弯弯曲曲的须子来。此时，我一眼认出，这小绿苗不是什么名贵的花草，而是一株普通瓜秧。这是一株饱满的生命，以古朴而健康的姿容呈现出原始的单纯、自信、无畏，绿色的光波洋溢着春潮的气息。在这水泥丛林里竟然与我在五楼阳台相遇。这，是不是上帝给予两个丰盛而柔弱的生命的宿命？对视，谁安居在这里，也许是自然的一部分。望天空一片云，思绪飘飞：我是秋云，空空地不载着雨水，但在成熟的稻田里，可以看到我的充实。窗隙一丝风，我的内心激动呼应。哦，朴实无华的绿叶来自那粒瓜子，有足够的光线、湿度和温暖，它将积攒多年的力量展现在这片天空下。瓜秧传递着一种坚忍、质朴的精神。看似柔弱，实际上却无比坚韧，无论处境如何，勇敢地挑战生命的极限，活得足够真实、本真。关注一棵瓜秧，让远离乡土的脚，放慢匆忙的步履，搬一个小凳，沏一杯清茶，放一曲淡淡的音乐，与瓜蔓享受这片刻的阳光。听不到忙碌的嘈杂，看不到张扬的喧哗，有一种温柔和静谧，只活在自己的生命轨迹里，从容、淡定。

思绪冉冉，恍惚回到儿时。初夏的田野里一望无际的浓浓绿意。几只麻雀，散漫地在田头地畔的树上飞飞落落，叽叽喳喳。有风吹过，层层叠翠，一浪一浪的。春天里，勤快的母亲会在田头地畔种些瓜种。夏末，瓜开始开花、结果，母亲让晨读归来的我去配瓜，母亲教我分辨雌花、雄花。母亲专拣硕大的雄花，去掉花瓣，将花蒂轻轻放入结果的雌花的花蕊里。秋天会结出硕大的南瓜来蒸吃，瓜如蜜，香甜滑嫩，一下子甜到心里。还有母亲做的南瓜饼，外酥里糯，香甜适口。母亲也会挑拣大的南瓜，贮藏好，等到腊八吃。

守着这株瓜秧，让我感觉我的心儿永不背井离乡，我的心儿烙下浓浓的乡音。尤其是夜深人静，品一杯清茶，与那株丰茂的瓜秧对视，宁静的夜晚注入清新、雅致、饱满。是谁托起一片清辉？是谁将我的目光牵引？流淌童趣的小河，盛满天籁的草滩，贮藏希望的田野，梦幻蔓延的瓜田，还有当年充满书香的校园……思绪恣意在那别具田园风味的菜园子里漫步。

那时，学校都是平房，新校楼刚刚开始修建，平房前面有一块空地，学生每周上劳动课，后勤主任建议将荒地开垦，这样学生可以实地实践，同时也可以改善教师的伙食，每位老师都有一份。我在那里种菠菜、葫芦、水萝卜、莴笋、茄子、长豆角、黄瓜、白菜、西红柿，还种几棵瓜，等瓜秧长到一米多长，从瓜秧的根部起给瓜秧的爬蔓培土、压秧（这也是从小跟母亲学的）。秋天，瓜秧结了好多好大的扁圆、长圆、葫芦形的瓜，虽然瓜结得不太好看，但吃起来香甜，感觉像在吃鸡蛋黄。那时我们一边教书，一边种菜，你瞧，下课铃声一响，老师们都钻到自己的菜园里搞菜去，吃着自己种的菜，才叫放心呢，那种感觉和现在城里买的不一样。也不像现在的人网上种菜、偷菜，寻觅心灵的菜园。守望着这株瓜秧，是否滋润着我日渐贫瘠的记忆？是否让我囚锢的身心走向一片开阔的生命原野？

喜欢早起的我，从这个小区散步到另一个小区，我在钢筋丛林的缝隙里寻找着，寻找着，寻找我乡村的田野，追寻乡村的梦影。偶尔发现几株玉米、几棵小白菜、几株茄子，我的心里有无比的喜悦，成为我心灵深处守望的高地。看到它们，我的心好似远离纷繁，心灵有一种慰藉，让一束束暖意透过思念的缝隙飘逸而出，仿佛呼吸到泥土的清香，听到露珠在晨光中吟唱。

年迈的父母，已被生活在城里的小弟接到城里。父母亲一见我，就唠叨起他们曾经的农事，不习惯在城里住。为了照顾方便，我们都不太搭理父母亲的话题，父母亲慢慢便不再唠叨要返乡的事。我知道父母亲放不下土地，时常不可遏止地思念着村庄。今年八月十五，母亲说，上次她回故里，种了几粒瓜子。夏天回去看老屋是否漏雨，顺便看看曾种的瓜秧，可惜被邻里的羊给践踏了瓜秧。这次回去，没想到还结了好多瓜，大的三四斤重，摘了半麻袋。瓜没人照顾，没人配瓜，或许是蜜蜂传播花粉。母亲絮絮叨叨好多遍。临走，母亲送我两颗，一颗长形、一颗半圆形，丑陋，但吃起来特别香甜。一直关注我的小妹说：大姐的微信只发一些瓜秧、花草。城市夹缝中挤一个生存空间的瓜秧、花草，是一道辽远的风景，潜藏着远古的遗风。我认为那些瓜秧、花草是生命最朴素的诉说。难得今年我在居住的小区意外发现几株瓜秧，我经常绕道观察是否能配瓜。虽然我知道我吃不上瓜，但乐而不止。我会像小时候一样，小心寻觅，虔诚去做。记得秋雨蒙蒙的早晨，发现一株瓜秧的叶子全部掉尽，墨褐的藤蔓结成碗大的瓜，悬挂在一米多高的柏树上。还有另一瓜蔓也爬上更高的柏树。还有我曾配过的瓜，有脸盆大，隐藏在宽大而发白的瓜叶下。心间充满了喜悦和欣慰。我不知道村庄有多少人人去院空，寄住在城里；有多少人如同我，怀念着生活在大自然的适宜。

　　渐渐地，我怎么也不忍扯掉阳台那棵瓜秧。瓜秧越长越长，一枝翡翠似的茎秆，托举着金灿灿的小花，闪烁着生命的色彩和坚韧的光芒。那花纤弱，像一个乡村小姑娘，浅浅地对我笑，十分低调，但十分抢眼。这是灵魂和生命的真实绽放，那么圣洁，那么温暖。我知道这花开得艰辛。有时我想，是城市无情地吞噬着纯朴的乡土，这棵瓜秧本应根系深扎泥土，自由畅快，尽情地享受阳光雨露、蝶蜂嬉戏。然而它绝处生根、发芽、开花。从此，我将异乡当故乡了，心放在这株索取极少的瓜秧上，将极其卑微的生命书写成一轮暖阳。

　　我如一株瓜秧。

第四辑　漾动的乡愁

故乡的四合院激起我沉睡的乡愁

每次回故乡，我都挤时间去看看被岁月熏染成黑色的瓦、青色石的陕西神木四合院。宁静的色调里，就有了一种温暖、舒适的沧桑之感。行走在距今已有三百多年历史的老街区狭窄而干净的小巷，我仿佛游走在时光的深处。

神木四合院，如同丰碑站在时光里，记载着生活的百般滋味。它是一部生活的史诗，述说着动人的故事。传说清初山西人孙嘉淦在京为官，经常忧虑姑母在神木的居住问题，奏请皇上准许在神木建造京式民居。皇上恩准，这才使得京式四合院在神木落了户。我喜欢那质朴的四合院里斑驳沧桑的老墙，像年轮一样铭刻着这座小城的历史，还有四合院里的牌坊、影壁、门楼、石墩，无一不是精妙的艺术品，让我惊叹不已。

老街区以麟州街钟楼为中心，分为东西南北四条大街，然后在主街两边又各分出许多小巷。街巷两边大部分铺面保存完好，而最有代表性的神木四合院就在这里。

神木的四合院始建于明末清初，吸收了京式四合院的优点，结合了神木的气候特征。神木的四合院多独院，方正对称。从建房走势上看，院落一般高出巷道数尺，主房又高出院子几尺许，这样取势，既能保持室内干燥，又能有很好的采光，还能保证排水通畅。院子一般不设花圃，一色青砖墁地，清爽开阔。大门大多设在四角，并有两重门：与巷道相连的称大门，大而讲究；与院落相连的称二门，小而简单。两门成拐角，避免了大门直冲院落。院子里的装饰也讲究，主要是木雕、砖雕和瓦饰。神木的四合院凝结了神木人的智慧和审美情趣，有较高的实用价值、艺术价值和文化价值。例如，白家大院就是众多大院中的典范。

白家大院院落总面积约500平方米，进入白家大院，首先看到的影壁上有飞檐遮雨、裹脊兽饰、斗拱平栏等古建装饰，四周又有万字、花卉、云纹等砖雕镶边，正中则是主雕《三星高照》《天官赐福》《周子爱莲》《八仙庆寿》《二龙戏珠》等，图饰被雕刻得活灵活现。我一面观瞻，一面细致聆听它沉静的呼吸，在过去的岁月里，这里也曾有过别样的繁华。此刻，时光在这里慢了下来，往事徘徊不去，那些洋溢在心间的念想，静默无声，仿佛记忆也在这里驻足、聆听。

我忽然忆起了三十年前的夏日，我们十六七岁的少男少女，参加人生第一次中考。我们像雏鹰，叽叽喳喳。当晚居住在这老街上的一栋楼里，和神木四合院是邻居。街上人声鼎沸，叫卖声不绝。我们几个要好的小伙伴，穿行在人流中，寻觅考试需要的物品和喜欢的小吃。想到此，我的心底突然涌起了莫名的感动。是呀，人生有着种种际会，前世与来生，在那一刻，似乎都借着某种未知的力量，交错重逢了。后来，我离别了故土来到塞外小城鄂尔多斯，思乡的情愫时时萦绕着我的心，而神木四合院总是那么亲切和宽厚，时常激起我沉睡的乡愁，拽我回故乡，看看年迈的父母，叙叙同学之情。每次回来，父亲、小弟或好友晓莲、明霞、爱芳、秀秀等就陪我去麟州老街的四合院看看，穿越一条条宽阔的马路，躲过来来往往的车辆以及川流不息的人群，探访的脚步一直没有停止。

进了正房，迎面是用木雕彩绘而成的竖柜、顶箱。屋内还有两个桩凳，古朴而雅致。正堂西边放神主桌（供祖先），阳面有两米多的火炕，这在寒冷的北方是非常适用的，这种结构使空间的利用非常合理充分。在东厢房格子门上有"忠孝传家"的小匾，格子门和扇罩上有精致的六幅画，刻绘于木板上。顶箱上的《八仙过海》也是画在木板上的，东格子门上有《喜鹊闹梅》木雕，西格子门上有《狐狸闹葡萄》木雕。佛龛镏金彩画中间是释迦牟尼像，佛龛前有八仙桌和太师椅。各屋都有仰尘（望板、天花板），门窗木料用山西省岢岚山红松，每一道门有《践道履仁》大门匾，马头有"双麒麟"。每次探寻神木四合院，总有一种纯朴的、原始的幸福感。

　　繁华隐退的神木四合院，曾在时光的隧道里演绎过怎样的兴衰与荣辱？我停下探寻的脚步，对着陕北四合院的宁静和绚丽沉思，斑驳的印记，经过时光的筛滤，刻满了主人的心事。我开始找寻那些遗失在繁华后面的神木四合院，那一瞬，心突然变得宁静而虔诚，仿佛神木四合院是一位年长的智者，无声诉说历历往事。我想象着我的曾祖父、祖父应该多次踩过这青青的石板路，许多诱人的故事和古老的传说，便从这里涓涓流出。当地流传着"孙嘉淦哭雨想娘"的故事，给人们做着解答。传说的真伪已无法考证，但神木的四合院吸收了京式四合院的优点却是事实。在建筑时又结合了神木的环境、气候和神木人的生活习惯、审美情趣，虽没有皇城四合院的堂皇和气派，但也气势非凡。我看见神木四合院纯朴与艳丽和谐的统一，它是带你穿越时光隧道并获得新生的知音，让你总能感到天地岁月与人文地理共同淬炼出的那缕缕气息。熏陶着已经离开故乡多年的我的心灵，让人所有的疲倦和烦躁一扫而光。

　　一座城市的气韵不在于高楼大厦建了多少，而在于有多少文化内涵。神木是杨家将文化的发源地，也是让中国历史推前了两千多年的石峁遗址的发掘地。王维、范仲淹等历代诗人在神木均留下了千古名篇。而今神木四合院是新型城市的守望者。

　　近年来，旧城区改造开发为纯商业化运作景区，失去了人间烟火和世情滋养的陕北四合院只剩躯壳，无论有如何精彩的故事、精美的建筑、深厚的文化，都因无人演绎而失去鲜活的生命力，都因无人传承而失去了发展的动力，最终成为仅供参观的摆设。小巷的墙缝里塞满了北方特有的尘沙和劲风。站在游人如潮水一般涌入和涌出的陕北四合院中，感受到的只有商业气息，怀古追思之幽情荡然无存。陕北四合院看似活了，实际在渐渐死去，徒留形骸。陕北四合院是百姓数百年来智慧的结晶，是当地人代代传承的文化成果，是值得传承和坚守的精神家园。

红碱淖

红碱淖，你是我剪不断的乡愁，理还乱的思念。我的脉搏总在你的丰盈而鲜活的生命里阵阵跳荡。

红碱淖，你是昭君的影像，静美于毛乌素沙漠与鄂尔多斯草原，将民族欢畅融合的颂歌世代传唱。

红碱淖，你是各种鸟类繁衍欢腾的家园。你是一曲信天游，是一支漫瀚调，更是一章章绝美的辞赋，在浩瀚的湖水里悠远飘扬。

离开故乡红碱淖十几年了，对红碱淖的思念不时在我的心中掀动。尤其是看到朋友的微信中转发红碱淖的遗鸥宣传信息，或有文友在博客写红碱淖的文章，愈发勾起我对红碱淖的思念。淖面荡过来的涟漪，一圈又一圈地牵绕着我的心绪，纵使离家千里，她也像母亲呼唤般促使我常回家看看。

暖风扶摇绿，细雨思乡愁。那次，我与几个同学冒着蒙蒙细雨结伴奔向你，去亲吻有着"塞上江南""大漠明珠""遗鸥之乡""人间天堂"美称的红碱淖。这里的土质含有碱性，历代众商、农人曾在此地设场熬碱，因碱色发红，故称为红碱淖。上午刚下过雨，雨后空气清新，处处散发着花草的清香。远远望去，三个鲜红醒目的大字"红碱淖"跃入眼帘。透过收费门厅，看到一个俊美的雕塑——王昭君。据说王昭君当年远嫁匈奴，走到尔林兔草原，即将告别中原，下马回望，想到从此乡关万里，恐怕一辈子也难以回还，顿时千般感慨、万般惆怅汹涌心间，这一驻足，便流了七天七夜的眼泪，于是就形成了这六七十平方公里的红碱淖。王母娘娘为此感动，便派七仙女下凡，仙女们各执一条彩带，从七个不同的方向向其走去，于是现在就有了七条季节河：马莲河、尔林兔河、七卜素河、蟒盖图河、松道沟河、营盘河、壕赖河。景区不收门票，只要扫二维码转发三个群，即可进入景区。以昭君像做背景，我们几个同学照了一张永恒而珍贵的相片，从那张闲逸的相片中看到，我们的脸上洋溢着灿烂而发自内心的笑。天气真好，不冷不热，那股熟悉而陌生的咸咸的海味，熏得我微醉。是啊，现代人的生活节奏真快，谁有那么多闲情雅致，跑到从小再也熟悉不过的景点。只有我知道，他们都是在本地居住，都是为了我，为了那份纯真的同学情，他们知道我好多年没有回故里，特意陪同我。那份同学情今生难忘。

我们踏上长长的木质栈桥，看到淖的南边水位缩退了好多好多，沙滩上开满了不知名的小黄花，一些牛儿在悠闲地甩着尾巴，也有人去未长草的沙边玩。这条栈桥差不多两公里长，放眼北望，也能瞭见对面沙漠上的骆驼和西边草原上的牛羊了。同行的雨田忧伤地说："这红碱淖快要干涸了。"是呀，记得小时候，我们经常骑自行车到淖边玩，那时一眼也望不到边，无边无际。那时的鱼特别多，有门扇那么大。特别是近几年，红碱淖周边煤炭的开发，对红碱淖地下水的蓄水破坏很大。后听同学曹说，在有关部门协调努力下，红碱淖的水位逐年回升，令人欣慰。同行的阿莲建议坐船，我说还是去淖边走走吧。淖风瞬间唤醒我沉睡的灵魂，这是我少年时代的故乡，来自泥土深处的温暖，给灵魂带来了愉悦和宁静。

记得小时候，我穿的衣服总比邻居家孩子干净，因洗衣粉匮乏，在镇上信用社当会计的父亲，有时会带回一些碱面来，可以洗衣服，也可以蒸些玉米面窝头。逢年过节，父亲会带回红碱淖的大鲤鱼，改善生活。后来，我去尔林兔镇上读书了，离红碱淖更近了，每周末不回家就骑车去淖边转转。那时，烟雨朦胧，成群的鸟儿，闪转翻腾，舞姿翩翩，它们啁啾着，鸣唱着，那高亢的歌喉会令许多女高音汗颜。太阳在鸟儿的鸣叫中一点点、一点点下沉，红彤彤的彩云像大团大团的颜料，溶入淖中，渐渐地，鲜红变成深红、胭脂红、暗红。最后，黑夜笼罩了大地，笼罩了淖水，鸟儿回巢了，淖水幽暗了，一切复归于宁静和平淡。

我和同学红霞骑车去她家，她奶奶为我们炖上红碱淖鱼。鱼特别好吃，可是爷爷和奶奶只吃煮在鱼中的土豆。我奇怪地问，为什么不吃鱼？他们告诉我：常年住淖畔，吃鱼吃腻了。我感觉比我家炖的鱼好吃，奶奶说什么调料都没放，可能与用淖边的水有关。我第一次知道炖鱼和水质有关。那晚我睡得最香，躺在红碱淖之畔，与淖共眠。我分明从它的气息中找到了某种神秘。直至今天我才明白为什么梭罗会选择在瓦尔登湖畔隐居两年，朱光潜爱在未名湖畔漫步。

因天气凉爽，淖边的人特别多，淖畔是金色的沙滩，沙滩柔软而温暖。我们迫不及待地挽起裤子，把脚伸入淖里。此刻，暖暖的日光从蓝白相间的天际洒下，天水一色，时光也漫步于湖面、沙滩。数不清的遗鸥在人群的头顶上盘旋着，相互追逐嬉闹，或偶尔穿梭人流，一点儿也不怕人。红碱淖是孩子们的天堂，小孩们在淖中扑腾着、嬉戏着。湖面上成群的飞鸟或翱翔，或嬉戏，或扎进水中觅食，呈现出一派人与飞鸟和谐相处、生机盎然的画面。遗鸥、白天鹅、鸬鹚、白鹭、鱼鹰、鸳鸯等野生禽类，上下翻飞，翩翩起舞，场面非常壮观。

红碱淖，犹如陕北美少女，天生丽质，清澈、明丽而纯净。出众的姿容谁见谁爱，她以独特景观、独特风韵、独特秀美吸引无数文人墨客。著名作家陈忠实、路遥、刘成章，还有本土诗人作家如韩万胜、梦野、单振国、苗雨田、北城、破破、张鹏飞等，对她都是一见钟情并念念不忘。路遥曾说，他第一次见到沙漠，万万没想到，沙漠是那样的壮阔、恬静而迷人，一个人漫步而行，如同到了另一个世界、另一个星球。他更没有想到，沙漠之中竟然会有这样美丽动人而辽阔巨大的天然海子——红碱淖。可以说，在心灵和生命深处路遥已与沙草和红碱淖结下了终生难解的情缘。

走近红碱淖，感受一份宁静，感受她纯朴而迷人的玉颜轻髻散发着的柔婉的风韵。渐渐地，天空燃起了火红的晚霞。极目远眺，淖面波光粼粼，远近高低错落有致的沙丘、草原全被夕阳染成了一片红色。一艘艘游船划开一道道浪沟，湖面上荡漾着欢歌笑语。暮色中，遗鸥飞翔的点点身影和此起彼伏的鸣叫声与迷蒙的夜色交汇，点染出一幅优美的画面。一轮明月高悬在澄净的天空中，晶莹的星光在天幕上闪烁，月亮和星星在波光里轻摇。身临其境，尘心顿洗，如同置身仙境，恰似与昭君叙谈。

祖父

记忆中的祖父，只要一有空闲，手中的活就不断，不是缝新补烂，就是捻毛线。祖父是当地有名的毡匠，常见他在狭窄的土炕上忙碌着。洗毡的原材料就是羊毛。洗毡可不是一项轻松的手艺，其工序虽只有四步：弹毛、铺帘、澄洗、晾晒，但是每道工序却很细致复杂。弹毛要用一张挂弹线的大弹弓，把要洗毡的羊毛全部弹散，疏松后的羊毛根根分明。经常看到祖父选毛、弹毛、铺毛、喷水、卷毡、捆毡链、擀链子、解链子、压边、洗毡、整形、擀毡、晒毡，每个工序做得特别细致，白、黑、褐色的羊毛在空中飞舞。祖父身上、眉毛、胡子挂满了各色各样的细羊毛，祖父成了浑身是毛的老爷爷。

当年我家的土炕上铺满了毛毡子。因没有褥子、床单，母亲怕我和弟妹睡觉把衣服滚烂，让我们裸身在毛毡子上睡，毡上的毛特别扎人。直到上初中我才拥有一块布褥子。多年后我从陕北来到塞外小城，带走了祖父留下的一条毡子。现在不住土炕，我仍铺在床上。这也成了祖父留给我唯一的思念之物。

我是长孙，祖父也格外疼爱我。每周我从30公里外的学校回来，祖父经常会将自己风干的羊肉做给我吃，我的碗里的肉快碰上鼻子了，还给我夹肉。我让祖父吃，他总是推说自己装着假牙嚼不动，慈祥地看着我吃。祖父虽然不识字，但经常用听到的数学故事考我：鸡兔49只，共腿100条，问多少只鸡、多少只兔？我用学到的二元一次方程解了出来，祖父逢人便夸我聪明。

祖母去世早，留下四个孩子，那时父亲才七岁，最小的姑姑才一岁多。祖母去世时，身边没有人，当发现时，只有一岁多的姑姑还在吃奶。祖父又当爹又当妈，粗而长的右中指常年戴着做针线活的顶针，把四个孩子拉扯成人。因祖父是高家堡人，后来转农业社，被分配到吧吓采当村居住。听邻居说，那时靠工分分粮食，孩子多，别人在休息，祖父在缝补破衣服，时常半夜侍弄自己的一亩多自留田。因是外来户，祖父饱受村人的欺负。别人家自留田可以借队里的牛犁地，祖父只能用铁锨一下一下翻地。祖父再苦再累也要让父亲读书，父亲很争气，考上了林业学校。可是村子里缺会计，当时村支书看上父亲的才气，给祖父做工作，父亲被祖父叫回去当会计了。祖父常常鼓励我好好读书，也讲曾经受到别人排挤，直到父亲当会计后，才不受别人的白眼。包产到户后，祖父也分到一块地。父亲劝他别再劳作了，辛苦了一辈子，也该歇歇了。祖父说他劳动惯了，少种点玉米，也有个活动筋骨的地方，一直种地到他去世。一向身体硬朗的祖父怎么说走就走了呢！

　　泪眼朦胧，往事一桩桩、一件件浮现在我的脑海里，逐渐地清晰起来。祖父一生浸满苦水、泪水、汗水。曾祖父是个大烟鬼，将家财败光。曾祖母为了生存，拖着幼小的四个儿子走西口。不久，曾祖父过世。孤儿寡母的曾祖母因生活所逼，无可奈何，将自己三岁的三儿子送给一个殷实的人家逃活命。对一位母亲来说，这是多么悲痛的事！我的祖父哭喊着不让抱走他的弟弟。多年后，祖父提及此事，仍泪眼汪汪。

　　我的二叔，因家境贫寒，只能给别人当上门女婿，因常年营养不足，二叔又瘦又矮。这也是祖父的痛处。那次祖父带我去看二叔，也是我第一次骑马，那时没有马鞍，搭一块旧毯子，用绳子捆好。我记得那是一匹特温顺的枣红马，祖父告诉我双腿要夹紧马身子，坐正，双手紧握缰绳，眼盯前方。快到二叔家，上一个小沙坡，一不留神我顺马尾给滑下去了，好在没有伤着。后来祖父告诉我，马上坡，人要向前倾；马下坡，人要向后仰。第二天，祖父带我去看他曾经买的地，我仍然骑着那匹小红马，从容地从毛乌素小沙丘这边走到那边。祖父说，这些都是他在1949年前买的地，1949年后都归国家了，还拿出地契给我看。我调侃祖父说他是地主。祖父说，他吃了不识字的亏，这些地都是国家快解放时从别人手里买的，多年的积蓄全买了这片沙蒿梁了。还告诉我好好学习，有文化、懂政策，才不上当。

穷人的孩子早当家。祖父七岁给地主放羊、放牛，稍大点开始干繁重的苦力活，时常挨地主责骂殴打，经常吃不饱，饿得眼冒金花。祖父常年营养不足，面带菜色，个子瘦而矮小。诚实、勤劳的祖父总以为结婚生子后，苦难会少点。没想到有更多苦难等着他。当父亲八岁、二叔六岁、三叔四岁、我的姑姑嗷嗷待哺时，祖母因肺结核撒手而去。因忙于生计，无人照顾病重的祖母，当祖父发现时，可怜的姑姑还趴在断了气的祖母身上，哭喊着要吃奶。这是多么令人揪心的一幕啊！祖父拖儿携女，重担就落在他一个人身上，还要照顾二弟、四弟的生活，操心他们的成家等问题。祖父起早贪黑劳作，深夜还要为自己的兄弟儿女缝补破旧的衣服。在我记忆当中，祖父的手上，有常年戴顶针留下的深深的印痕。现在想想，一个男人，手拿针线缝补是怎样的一种情景？悲怆涌上我的心头。那时，好心人看见祖父实在、勤快、能干，愿意为祖父牵线，也有善良的女人愿意和祖父结为连理，祖父谢绝了人家的好意，终生未再娶。祖父一怕自己年幼的儿女受继母的气；二来自己的两个兄弟未成家；三来把人家娶过来，让她受苦受罪，心里总不好受。祖父的担子重啊！祖父将自己的第二儿子从小过继给别人当了上门女婿。祖父曾对我说过："你二叔苦啊！"说着祖父的眼圈就红了。半天，祖父无语，吧嗒吧嗒吸着旱烟。

祖父为了给他的四弟娶媳妇，背一斗多小米，风餐露宿走了九天九夜，去佳县白云山兑换成钱。因四奶奶要一身新衣服，卖了米再买成布料。脚上、嘴上起了多少血泡！今年正月，我从老家开车去白云山，晚上四点动身，在迂回的柏油路上开十几个小时。临到白云山下，因堵车，下车步行，羊肠小道，望一眼万丈沟壑，脚步难迈，一阵阵晕眩。没走几步，汗流浃背、气喘吁吁。想想当初祖父步行此路九天九夜，是何等的毅力、何等的勇气、何等的耐力！那种手足之情，长兄如父的亲情令人肃然起敬！对祖父的哀思袭扰着我的心灵，那张饱经风霜、布满了深深的皱纹的慈祥的面容又浮现在我的眼前，我的心中泛起阵阵酸楚，眼泪夺眶而出……

　　岁月悄然流逝。我的耳边时常萦绕祖父关爱的叮咛。那份浓浓的爱，永驻于心底最深处。我从小就是个顽皮任性、活泼好动而又特别讨人嫌的假小子。小时候，我家隔壁是一家柳编厂。夏天，那里有泡制柳条的水槽，槽里会蓄积好多的水。我喜欢将脚丫泡在水里，或将水泼洒在外边。编织厂的一位女工不许我在此玩，我不理，女工拿起泡好的柳条在我身上乱抽打。晚上，地里干活的祖父回来，看见我早早地睡在被窝里，不吃饭，有点反常，关切地叫醒我。看到我两眼红肿，他询问是否父母又打我。得知是那位女工打我，祖父气得胡子一抖一抖的，非要让那女工赔不是，才肯罢休。以后，我和别的小朋友玩，大人都告诫小朋友让着我点，小心我的爷爷！连父亲母亲也不曾动我一下手指头，因为他们害怕祖父，怕因我而惹祖父生气！

　　还记得，祖父将自己的羊肉、猪肉藏着，他要等在外地读书的我回去一起吃。有时候，放时间长了，肉都长虫子了。我劝祖父早点吃，说自己在外边生活条件也挺好的。

　　每当我们小两口闹矛盾时，我就想起庇护我的祖父来。刚结婚，因年轻，小两口常常因小事吵嚷。祖父知道后，不顾年迈和路途遥远，中途换车，跑来看我，让丈夫让着我点。他说我是天生的倔脾气。又说"知性好同居""好男不跟女斗"，开导我们。看见我们和好了，才安心地回去。

　　而今我常因生计忙碌，未曾到祖坟为祖父祖母送上一缕香火。为此，我内心常常感到愧疚和自责。突然，爷爷那充满关爱和嘱咐的话语都消失了，永远地没有了，没有了！那种痛苦像野草，怎样铲除、刈割，仍顽强地滋生；如利剑，触伤着我的神经，使我凄婉哀伤，泪水涟涟……

　　"清明时节雨纷纷"，那雨似我哀思的泪！山道弯弯，路途遥遥。我虽不能亲临祭奠祖父，然而，祖父吃苦耐劳的优良品格永远启迪并激励我，使我在我人生的旅途上不管风雨、不管坎坷，不屈向前……

父亲

我的父亲是地地道道的陕北人，身材高大魁梧、英俊潇洒，具有北方男人特有的硬朗之气。父亲一直对我寄托希望。他常对我说，你是家里长女，你好好学习，将来有个好工作，对弟妹也是一个表率。在陕北，我这一代，能让女孩子读书的家长特别少。父亲常说："我把女儿和儿子一样看，都供书读字。"当我读小学二年级时恰逢包产到户，农业社解散，全村三十多个女孩都不读书了，回家帮助父母干活或照顾弟妹。我的邻居粉娥也不读了，帮父母放羊；玲玲也帮母亲照看妹妹。我曾不想读书，但父母亲说自己干活再累再苦也要让我读书。

我读小学三年级时，有一天父亲对我说他送我一件礼物。打开柜锁，取出一本厚厚的字典，我高兴地接住，翻开一看，认识几个字的我指着其中的一个字问父亲，它和我书上的字书写不一样。父亲仔细辨认后，说这字典上的字是繁体字，你们现在学习的是简化字。父亲又送我一支钢笔，我高兴极了。小学三年级刚开始用钢笔写字，全班属我的钢笔最漂亮，每次用它写字，我都非常认真，准确率也是最高的。班里给我取名"写字大王"。这支钢笔一直伴我到小学毕业。

还有一件记忆犹新的事。那时我上小学三年级，捡到五元钱。父亲不相信这钱是捡来的，反复且严厉询问，后经查实的确是捡的后才不对我严厉地询问了。他告诉我不能随便拿别人的一分钱，只有自己挣的钱，才能花得舒心，要做正派人。在人生的路上，父亲指引我，让我选择教师这一职业。当我在工作中有困难时，我都愿意和父亲谈谈。父亲让我钻研教材，好好学习，只要付出，一定会取得好成绩。他时常拿我初中时的校长杨世华做例子。杨世华校长德高望重，虽然只有小学学历，但他的才学让所有的教师折服。当时的学校是全市初级重点中学，后来还成立了高中部，好些教师都是延安大学毕业，但对杨世华校长的管理心服口服。杨世华校长曾是我初三时的政治老师，他将枯燥的政治课讲得浅显、生动，我特别爱听他的课。父亲说杨校长是靠自学成才的。父亲告诫我，好好教书，教书是良心活，不能误人子弟。我一直在努力工作，不辜负父亲对我的期望。

父亲言行举止透出一种风趣、冷静、沉稳，又是一个做事睿智而严谨、果断而热心的人。当年爷爷因生活窘迫，将十几岁的二叔给人家当上门女婿，那家家境比较殷实，可是到结婚的年龄时，女方不想要二叔当上门女婿，刚 20 岁的父亲出面解决此事。这家人根本不把年轻的父亲放在眼里，说了二叔的许多不是。父亲理正辞严，要求算清二叔这几年的工钱。他发现这家人不善待二叔，他看到二叔满嘴火泡，眼睛发红，才知道二叔每天睡不好吃不饱。后来，父亲请那村村支书评理，从没有与父亲打过交道的村支书认为父亲说话有理，村支书又讲了二叔的好处，这家才让他女儿嫁给二叔。

父亲也为本族办了许多事。父亲的堂弟因家贫，二十好几了没有娶上媳妇，经村里人撮合，让父亲的堂弟的妹妹作为换亲媳妇。那时贫瘠穷困的陕北有这样的习俗。恰好，也有这么一家哥哥年龄大娶不上媳妇，妹妹也待嫁。两家住得比较近，也比较了解，经媒人一说即成，同时办喜事。可没过多久，父亲的堂弟来我家告诉父亲，他那新娘子有病。父亲想办法借钱，让他带妻子去看病。刚忙完这事，父亲的堂妹也找上门，说她的新郎官也有病，父亲又张罗给借钱，让他们同时看病去。堂叔的妻子的病基本好了，可堂姑的丈夫的病是先天性的，无法治好。这时，两家父母坐在一起商量此事如何解决，那家说两对要散都散。父亲首先征求叔叔的意见，叔叔认为婶婶人不错，婶婶也在众人面前说了叔叔的好话，虽然不是自由恋爱，两家居住不过百米，彼此心中早生爱慕。尤其婶婶对她父亲表态非叔叔不嫁，让她父亲成全。可是婶婶族里当家的一口咬定，这是换亲，说散都散，说成都成。父亲说，既然你家女儿也看中我家兄弟，那就成全他们；而你家儿子主要是先天性疾病无法医治，让我家妹妹守着他，这样不太好，干脆成全一家。婶婶娘家不同意。后来，父亲多次做工作，那家干脆以自家女儿为要挟，大要彩礼，这样也在情理之中，不至于落得人财两空。如今，堂叔儿孙满堂，特别感激父亲。

还有另外一件事，我至今记忆犹新。小时候，有一天晚上，我被急促的敲打玻璃窗的声音从梦中惊醒。原来是四奶奶催促父亲赶快穿衣，她家来了十多口人挑弄是非，这帮人扬言要把四奶奶家最值钱的大犍牛宰了吃，还要宰羊吃。四奶奶着急得语无伦次，幸好旁边的堂叔帮着叙述。这时母亲也从睡梦中醒来了。父亲让母亲开门，安慰四奶奶别着急，回家里说话，他会尽量帮忙的。四奶奶听了父亲的话，心里的一块石头落地了，说起了原委。原来我那哑叔家，有一天救起一个披头散发的女人。四奶奶看着可怜，给吃喝。那女人被感动了，一把鼻涕一把泪给四奶奶说，她丈夫有疯癫病，她实在忍不住丈夫的殴打，跑出来，让四奶奶行行好，暂时收留她。四奶奶可怜她，先收留了她。没想到那女人喜欢上了我那哑叔，两人同屋住。那家跑了女人的男方，通过多方打听终于找到那女人。有一天晚上，那家叫上十来个人，准备捉奸。四奶奶家喂有狼狗，他们绕过狗先派两人趁夜色察看，确认那女人的确和哑叔同一炕上住，于是回去又叫上另外几人。一脚将门踹开。捉奸捉双！调解的好些人让四奶奶出钱或将牛赶走或杀牛。父亲听后，安慰四奶奶别着急。他们一分钱也拿不走，也杀不了牛。父亲连夜去处理此事。母亲说人家来了十多个人，担心父亲的安危，让四奶奶多叫几个本族兄弟。父亲胸有成竹地说没事！我和母亲那夜没有合眼，好担心父亲。天亮父亲回来了，告诉母亲事情解决了。我担心四奶奶家的大犍牛，那是四奶奶家唯一值钱的财产。父亲说，我们准备和那女人的男人算饭钱：一是，这女人是她男人打跑的，是四奶奶救命的。二是哑叔本是残疾人，这女人自己找的残疾人，说明她男人不如这残疾人。后来这帮人被父亲问得哑口无言，灰溜溜地带着那女人离去了。

父亲德高望重，除了本族，远近求父亲的人也真不少。有一天，一个年轻人上门找父亲，说他的父亲原来是本村人，因抗日，1949年后在延安定居，现在他父亲让他回原籍认祖还乡。本村也有好几家他的族人，但是本村人因土地少不让落户。后经父亲出面调解，那青年如愿返回祖籍，在家乡生儿育女了。还有乡镇与乡镇的土地地界纠纷问题，在父亲的调解下，双方达成协议，圆满解决。在十里八乡，只要说起父亲的名字，人们都说父亲坦荡、友善、大度、谦恭，了不起。

父亲还是打算盘能手，当了30多年的信用社会计兼村干部，没有出现一次差错，年年被评为先进。那时的奖品是毛巾、床单、被罩等，我家逢年过节母亲都换上新的。20世纪80年代我家是村里唯一的万元户。因父亲为人和善，那时每年春节，乡邻都寻父亲写春联。小小的我帮父亲磨墨，我在父亲的教导下还能告诉他们如何贴春联。这家拿块豆腐、那家拿几个蒸馍寻找父亲为他们写春联，父亲总是不收。每年新年前，都能看到父亲忙碌而幸福着。如今，年迈的父母亲也离开了乡村，和小弟进城居住。每当清明节回乡祭奠，乡邻都闻声找来，临走大家总要送父亲一些土特产，感谢父亲曾经对他们的帮助。

父亲拉得一手好二胡。我的二姨常对我说，我母亲有现在的好生活都是她的功劳。当初我姥爷不同意母亲嫁给父亲，嫌父亲家贫。二姨和母亲来到父亲家，见父亲家一贫如洗。但父亲拉得一手好二胡，当二姨发现时，见父亲拉二胡，母亲唱。二姨回去说服姥爷，大赞父亲将来如何有出息，让他成全父亲母亲。

有一次，我无意间路过一个乐器店，看到形形色色的乐器，令我眼前一亮的是挂在墙上的几把二胡。思绪飘回过去。父亲把悬挂在墙上的二胡取下，调着音，又拉起《九九艳阳天》，优美的旋律，宛如天籁。母亲在灶前忙碌，口里跟着和着。我和弟妹围绕在父亲周围，静静听着……"想买把二胡？"售货员打断我的思绪。"嗯，先看看。我想给父亲买。"售货员开始热情地介绍这几把二胡的功能。我相中一把价钱适中、材质相对不错的二胡。"是的，快到您的生日了，我应该给您买一把二胡。"我打电话告诉父亲。"别买了，太贵了。""价钱适中，只要您喜欢，我买了吧。""快别买了，买了也不会拉了。"我只好悻悻地放下选好的二胡。刚七十岁的父亲怎么感觉一下子苍老了呢？我心里感到有点酸楚。这次父母亲来家，父亲给我他攒的两万元钱，说我给儿子买房子还要装潢家，手头紧，需要钱。我无论如何也不能收。我说我有钱，让他别替儿女们操心。父母亲已为儿女们操劳了一辈子。他们年轻时贫困劳苦，现在条件好了，应该享受他们自己的生活。

父亲，您在我心里永远是年轻的、高大的。您像一棵大树，为我撑起一片绿荫；您是我人生的一盏航灯，永远照亮我的航程。我为有这样的父亲而自豪！

母亲

　　"彩梅，彩梅，吃饭了——"母亲拖长声音，在如水的夜晚呼唤我回家吃饭。我呢，正和小伙伴疯玩呢，听到母亲的呼唤声，停下了飞奔的脚步，寻找脱掉的衣服还有柳筐子、小锄头。

　　每天放学，我们几个小伙伴相约薅猪菜，等都薅满猪菜，就在野地里玩老鹰捉小鸡。此刻，母亲早已在院门口等了，接过我提来的猪菜倒在猪食槽里，然后拍拍我身上的灰尘，领我回家吃饭。有时，我带妹妹在家旁边的大柳树上掏鸟蛋或登梯子逮鸽子，有时拿着柳筐子到村西小溪捞鱼。我经常将衣服划破，身上碰得到处是伤口。"黄毛女子"是我的绰号，母亲老是担心我，时常拖着长长的声音呼唤我。

　　在毛乌素沙漠的边缘地带有一个小村子，西边是一望无边的沙漠，沙漠上长着手指粗细的一丛一丛的沙柳，沙柳下面是一整块一整块的粮田，庄稼长得绿油油。村子的东边是一望无垠的草滩，南北走向有上千户人家，绿树下红瓦蓝墙。傍晚，鸡鸣狗叫羊咩，一片祥和的暮景。早晨，太阳一树高，鸟叫，羊群出圈，有吆喝牛马的声音，家家户户炊烟升起。我家坐落在村子的正中央，红瓦，淡蓝色的墙体，只是比其他农户高出了许多。那时正赶上包产到户，父亲将集体的大礼堂买下，重新装修，有了卧室、厨房、走廊，还有卖货的小门市店。母亲勤俭持家，使我家成为20世纪80年代的较早的一批万元户。

　　母亲既要干农活，又要照顾四个儿女，加上猪、羊、马，的确太忙了。每次挤时间给我做鞋都做得好大好大，是为了结实耐穿，鞋头、鞋后跟都用麻绳纳成，穿上极不舒服，又硬又重，可比起没鞋穿，在寒冷的地面上赤脚走强多了。这种鞋穿着穿着鞋后跟软了，我便踩下鞋后跟当拖鞋穿，上课铃响了你紧走几步不能，那鞋太大，它不听使唤，一下子飞了。

记忆中，母亲的小腿因总是搓麻绳而发红。有时，看到劳累的母亲，我也帮母亲搓麻绳，学着纳鞋帮子。母亲总是说自己是"睁眼瞎子"，让我好好读书。吃苦能干、目不识丁的母亲，总是边干活，边讲好多故事。尤其是夏夜，满天星星，母亲指着北斗七星，告诉我北斗七星像勺子，永远在北方。记忆深刻的是讲"牛郎七仙女"，还有"光棍汉买美女画变媳妇""狐狸精变白菜""乌鸦和狐狸"等故事。

多年后，我问母亲从哪里听来这么多的故事，母亲告诉我是从我外公那里听来的。结婚后，发现我同样不识字的婆婆也会讲同样的故事，还有我文友的母亲也会讲意思相近的故事，她们都口口相传这些我后来看到大多出自《聊斋志异》里的故事。因历史原因，我的好些女性长辈不能上学读书，但她们从长辈口口相传的故事里，懂得做人的真善美。她们善良、纯朴、勤劳，将美德代代相传。

会讲故事的母亲说："穷人养猪，富人读书。"那时我家生活困难，母亲养母猪，跟父亲供我们姐弟四人读书。母亲一直鼓励我好好读书。记得我读二年级时开时实行包产到户了，原来和我一起读书的女孩子有22个，一下子就有20个不念书了，只剩下两个，我是其中之一。

在陕北，都说女孩念书没用，迟早是别人家的人，不如早早给了人家打发过日子去。比我小4岁的大弟弟，才8岁也订下了娃娃亲。我的弟媳才6岁，上二年级的时候也辍学帮大人干活了。还有邻居叫粉娥的小姑娘，每次见我都劝我，不上学多好，赶几只羊，在村子东边的草坪上放羊，可好玩了。天热可以坐在树下乘凉，困了可以躺在树下休息，天黑了，赶羊回家就可以了。原来放羊是这般悠闲。当牧羊女，让我心中有一种很新鲜的感觉。这感觉像一粒正要破土的马莲花的种子，拱得我的心痒痒的。

当时父亲在外地工作，已有4个孩子的母亲每天早出晚归。母亲的大辫子乱蓬蓬地垂在腰间，常常好几天不梳。我因为欠学费，和母亲说不上学了，帮母亲干活。哪知母亲说："你父亲能写会算，给公家干活，不像我，不识字，一天忙到晚，也没有多少收成。再苦再累我一人受，学必须上。"我哭，撕了书包，还将身上的衣服撕成条。母亲把我扔进放土豆的窖中。没几天，母亲给我买回新书包和我向往已久的粉红小衫。我又背上书包上学了，可母亲的大辫子不见了，腰际空荡荡的。母亲用它换来了新书包和粉红小衫。母亲觉得我将来应该有更好的生活，好比山丹丹花。她整日劳作，身体吃不消，却从没有半点怨言。我也有信心，成为陕北山丹丹花中最艳丽的那一朵。

母亲还是唱信天游的高手，年少时，曾是村子里秧歌队的顶梁柱。像陕北民歌"大麻花辫子五股股拧／左看右看是个好女人／白格生生脸齐格整整牙／毛格苏苏眼睛会说话"里唱的那样，绽放成山丹丹花的母亲，时常边干活边唱几句。"鸡蛋壳壳点灯哟半炕明／烧酒盅盅掏米了不嫌穷／哥哥你人穷心不穷／妹妹就爱这号人……"母亲分明在用歌声表达让人怦然心动的埋藏在心底的那份火辣辣的执着爱情。因父亲是外来户，家境贫寒，母亲无怨无悔。在繁重而单调的生活中，母亲的热情洋溢，将生活装扮得如同山坡上的打碗碗花，火红、艳丽。

陕北这块黄土地上能长出一茬又一茬俊美的女人们，这块深沉的黄土地给了母亲俊美、灵秀和温柔，也赋予母亲吃苦耐劳的品质以及创造更加美好生活的自信和勇气。

姑姑

陕北的女人好比一部厚重的史书，让人读不完，解不尽。她们像甘醇的美酒，需要你细细地去品味，认真地去了解。

陕北女人，不仅勤劳、能吃苦，而且纯朴、善良。我的姑姑吃苦耐劳，和男人一样干力气活。农忙时，种地锄草，拉粪耕地，春种秋收；农闲时，纳鞋底，剪窗花，缝补衣服等。

小时候，总盼望姑姑来我家，姑姑家种的西瓜、小甜瓜、小西红柿特别好吃。远远听到姑姑的说话声，我跟弟妹跑去迎接，不等到家，姑姑那些好吃的瓜果就下去了一半。姑姑起早贪黑，将房子西南角的空地开辟成二三分地，每年提前栽上西红柿、香瓜秧子。姑姑精心呵护，早早收获小甜瓜、小西红柿等，总是忘不了侄女侄儿。

时光在姑姑脸上刻出了深深的皱纹，尤其看到她那双耙子似的手，关节粗大，青筋毕露，让我强烈体会到生活的残酷和狰狞。那个一对毛眼睛水灵灵的如山丹丹花似的女子，如今脸上布满了老年斑，像经历秋霜后的树木，吐露着某种疲惫。但姑姑总是不声不响地存在着，犹如沙柳，坚强、安静、隐忍。

姑姑常常领我去她家。她家离我家有七八里沙路，路边长满了沙柳。姑姑家周围比较宽阔。朦朦胧胧的几声鸡叫，透过窗户看去，天空刚微微泛出一点光亮。听见大门"吱呀"一声响，惊醒了寂静中沉睡的小村。姑姑挑水，喂鸡喂牛喂羊，做饭。饭做好了先给老人端饭，后给孩子盛饭，然后才自个儿吃饭，一边吃一边照料家人，往往难上桌子上吃饭，总是围在锅灶旁，等着给家人盛饭。饭后刷锅洗碗，料理家务。或去地里，带上锄头照看她亲手种下的玉米、蒜苗等。那群被喂惯的大鸡小鸡看见姑姑在地边，都飞奔过来。姑姑在菜园边上插满柳条，鸡们干瞪眼，摇摆着去了房后的沙坡。姑姑时常挤时间纳鞋底，纳的是千层垫和底，爷爷叔叔的鞋和鞋垫都是姑姑一针针纳出来的，密密麻麻、整整齐齐，好看又适用。

我刚结婚时，因急事需要钱，迫不得已，我跟姑姑张口借钱，姑姑将积攒了多年的 200 元钱借给我。父亲认识我所在乡的信用社的会计，贷了笔款，才解了燃眉之急。那时孩子小，每年过年我跟老公因小事吵架，我带孩子去父母家过年，有时也去姑姑家。姑姑也娶了儿媳妇，房子不大，挤着满满的一家人。姑姑一直忙碌着，为我们准备饭菜。姑姑有手好茶饭，馍馍蒸得是虚格腾腾，面条擀得是坚格铮铮，米酒酿得是香格喷喷，豆腐做得是软格闪闪，凉粉灼得是白格生生，荞面轧得是细格楚楚，面皮做得是亮格丹丹。凡是吃过姑姑做的饭的人，都夸她做饭好手段。姑姑还是剪窗花的高手。临近年关，姑姑身边围着一圈向她讨教的婆姨女子，五颜六色的纸在她的手中被剪成一张张栩栩如生的图案，如大白菜、小白兔、福字等，把麻纸糊在窗户上分外好看，家里洋溢着年的气息。

那年我的手伤了，姑姑来我家照顾我。给我洗衣做饭、收拾家，我特别感激。还有土鸡蛋，我没少吃姑姑家的。别人都说我长得像姑姑，姑姑长得像奶奶，我虽然没见过奶奶，但我思念她。我也爱姑姑。姑姑从小没了母亲，好在后来儿女都长大成人，过上了幸福的生活。给儿子盖上最漂亮的楼板房，将儿子分家另过，儿媳瞅见姑姑烟囱冒烟，抱着小孩过来蹭饭。时间久了，分家过和没分家一样过。

如今，所有的家务活、农活，已年近 70 岁的姑姑都还要干，听说每年喂好几头猪、上百只羊。姑姑的手严重变形，像铁耙，握筷子也很困难了。腿痛，每晚难以入睡，我曾联系好医院让她去针灸治疗。姑姑总是放心不下家里的农活。我曾让表妹劝说，少种地，少喂养牲畜。表妹也心疼她母亲，有时强迫接到她居住的小城医院给治疗，可是姑姑还是为儿子们操心。我劝她，跟儿子分家，自己过，她总是放心不下。

姑姑小时丧母，后来年长嫁给木讷又好吃懒做的姑父。姑父家懒外勤，别人给递根烟，他给别人干一天的活，自己家的农活懒得干，全部落在姑姑身上。每日劳作，姑姑的手已伸不直了，长出厚厚的茧，如同铁耙。腿疼，每晚伸不直，我一直请姑姑来我居住的小城艾灸她的腿，劝她少干点农活，毕竟上年纪了。姑姑推托养羊、牛、猪，忙得没时间。好在女儿特孝顺，给买治腿疼的药等。

只有陕北独特的文化底蕴才造就了陕北的女人。姑姑在这片黄土地上默默创造着属于自己的幸福生活。不论生活多么艰辛，她都宛如陕北的山丹丹花一样，朴质中有一种天然之美，都会在贫瘠的土地上生根发芽、开花结果，虽苦犹乐，虽霜犹艳！

恩师杨和平先生

陕北的教育真可谓千帆竞发，我们总是仰望那些为教育事业做出贡献的人。20世纪80年代，在尔林兔中学升学率为"大鸭蛋"时，杨和平先生出现了。对杨和平先生，我心中充满了敬仰之情，内心的溢于言表！

那时，陕西神木县尔林兔中学，是全县唯一的一所职高加初级中学的学校。杨和平先生是毕业后直接分配到尔林兔中学的。他阳光帅气、才华横溢、妙语连珠。杨和平先生教学特别出色，他治学严谨，知识渊博，用他的学识陶冶、激励他的学生们。他为人笃诚信义，毫无心机，恪守职责，尽责尽职。他所带的班级里一下考取八个中专生，实现了升学率为零的突破。那时，考上中专意味着有饭吃，端上了长期饭票的铁饭碗。学校声名鹊起，外省的、外县的学生蜂拥而至，都争着进杨和平先生所带的班级。有幸，我在杨和平先生的班复读。他的嗓门儿很洪亮，红且微胖的脸庞上显露一种忠厚善良的神情。他对古典诗词造诣很深，经常陶醉在其中，高兴时，吟诵其中一段。进他的班以后，我更加喜欢文学。

多年后，我跟丈夫离婚。离婚前我曾在瑶镇中学代过英语，我带过的班英语平均成绩提高二十多分，开学表彰优秀教师，恰好我受到表彰。离婚后，我返回娘家村子代课，恰逢当时小学教研室来学校督察工作，我又见到了多年不见的初三班主任杨和平先生，那时他已是神木尔林兔镇第一小学校长。我与他谈到我曾经在瑶镇中学教过英语。那时候，小学都没有开设英语课程，尔林兔镇第一小学是全县屈指可数的重点学校之一，杨先生具有前瞻性，他有颗诚实而智慧的心，计划在小学开设英语。我顺利通过试课，被录取。很快，杨和平先生被提升为神木县中鸡中学校长，半年后我被聘请到中鸡中学教英语，那时 100 多名教师中，我是唯一的女班主任。我每天跟学生跑操，晚上值班，还带 3 个班的英语，每天批改 200 多本作业，一直到晚上 12 点。后来也取得了喜人的成绩，我所带班级在全年级六个班中，总成绩第一名。我得到校领导的认可。因英语教师短缺，我跨年级带课，初一和初三各一班。后来我复婚去了内蒙古，偶尔打听老师的消息，听说调到其他学校了。

时隔多年，我回故乡看望父母，也曾联系上老师，与小弟一同驱车看望老师。老师淡淡地说，以后不用再特意看望他了，心意他领了。看着日渐衰老的老师，我的心很痛很痛。今生我永远无法回报先生的恩情！感恩先生对我的教诲，感恩先生在我最困难时对我的关爱！祝福先生永远健康，永远！

第五辑　时光里的吟唱

年味

　　小时候，过了腊八节，村子上空便飘逸着浓浓的年味。村里那些闲不住的婆姨，早早开始做一些年茶饭，如米黄酒、油糕圈、蒸馒头、做粉条等。这时我家最热闹，父亲正在挥笔书写春联，满屋人声鼎沸。父亲写得一手好毛笔字，邻居都早早来我家，拿着红纸，排队请父亲写春联。能认识几个字的我帮助父亲折叠红纸裁成春联，宽厚父亲蘸满墨汁一一写好，诸如：上联"旧岁又添几个喜"，下联"新年更上一层楼"，横批"辞旧迎新"。我负责将春联墨汁晾干，春联卷好、捆住，在父亲的教导下还要告诉邻居如何贴春联。善良的人们这家拿块自己做的豆腐，那家拿几个蒸馍，找父亲为他们写春联。父亲总是不收，最多抽支烟，稍作休息一下。能看得出父亲忙碌而幸福着。母亲此时也忙碌着，生豆芽，做年糕，做豆腐，炸丸子，烧肉……做好年茶饭，贴好春联，我和弟妹们穿上已经盼了好久的新衣服，挨家挨户读春联。

　　今生最难忘的是红枣辫子。母亲早早给我和弟妹缝好新衣服，我和妹妹穿的是红底白花棉布做成的花棉袄和棉裤，头上戴着爷爷买的红头绳，特别喜庆。然而最惹人的还属红枣辫子。母亲早早将上好的红枣准备好，还有大蒜瓣，骡马吃过的一寸长的干草节，没有火药的哑炮，花花绿绿的花布条等，然后将它们间隔串好缝在我和弟妹的棉袄的肩上，吸引好多小朋友围观。我和妹妹每人各两串红枣辫子，我将自己的枣摘给要好的朋友吃，然后将大弟弟的棉袄上的枣早早骗光。大弟弟哭着让母亲再缝一条长辫子。我和小伙伴们挨家挨户去读春联，邻居大妈大爷拿些糖果、核桃之类分给我们。我们叽叽喳喳，笑声、吵闹声在村子上空飘荡。

稍大一点，腊八节过后，我跟母亲学剪窗花。母亲剪窗花享有美名："纤巧手"，天上飞的、地下跑的，剪出来的窗花活灵活现。剪一双蝴蝶穿梭在草丛，剪一对燕子飞翔在云中，剪两条小鱼飘游在水中，剪一群牛羊驰骋在草坪，剪一头肥猪吃食在槽中，剪出了山山水水、花花草草、山清水秀、鸟语花香，剪出了五谷丰登、六畜兴旺，在冬末的寒风中，剪出一朵朵鲜艳的花朵，剪出一个阳光明媚美好的春天。我们剪出更多丰富多彩的窗花，让鲜艳的窗花，糊满每家村民的窗户，温暖万户千家。

选好的窗花样，会被现场熏制下来。有些前来选窗花的婆姨女子们还让母亲帮着熏窗花。在忙碌的腊月里，妈妈示范向众人如何剪窗花，乐此不疲。只见妈妈左手拿红纸，右手握剪刀，按照剪纸前后顺序，沿着窗花上下脉络，热情洋溢的小剪刀在红纸上"驰骋纵横"，清脆的剪纸声不绝于耳，大窗花、小窗花、三角窗花、圆形窗花、四方窗花、红窗花、绿窗花，在妈妈手中变魔术似的一个接一个相继诞生。剪好的窗花图案上有天上飞的、地上跑的、海里游的、土里长的、日常用的，一切与生活中息息相关的事物应有尽有。

当年小小的我对熏窗花充满了兴趣，也对熏窗花的步骤记得一清二楚。熏窗花样的具体做法是：在一块平整的木板上铺上麻纸或有韧性的报纸，放上选好的窗花，用水花蜻蜓点水似的淋湿，使得木板、纸、窗花全部粘合，然后点着煤油灯或蜡烛，把灯芯用针挑到最大亮度，等灯冒黑烟最浓的时候，拿起木板反转过来放于灯焰上方熏，来回移动使每个地方都被烟墨熏到，而后，小心地拿下来晾干，原有的窗花样会自然脱落，纸上面就清晰地留有待剪的窗花图案了。脱落下来的窗花样，妈妈细心地收藏起来，等着来年再用。接下来我们就拿着妈妈给的一块钱，到离家半里路的村代销店买纸，有红的、绿的、黄的，黄的买得最少，因为字不经晒。后来还出现一种油光纸，这种纸贵一些，但色彩鲜亮，有光泽，颜色种类也多，有紫色、蓝色、粉红色、黄色，五彩斑斓，很是惹人爱。我们几个女子心底想着要剪些啥，需要些啥纸，再合计合计自己手里的那一两块钱，都买到自己称心如意的颜色后，商量好晚上到艳子家熏窗花样子，就一路有说有笑地回家了。

　　熏窗花样这个活还是有些技术含量的，一般都是老手艳子上手，我们几个打下手。比如，熏个白菜的样子，粉娥负责往旧报纸上喷水。你猜粉娥是用什么喷水的？哈哈，就用她自己的嘴吸满水，报纸喷得不能太湿，太湿了双手拿不起来，也不能太干，太干了窗花粘不住。我负责把白菜样纸赶紧粘在湿纸上。其实我干的活也有一点技术含量，我要把白菜样纸不偏不倚平展地粘在报纸上，细毛刺刺都要粘得服服帖帖。准备工作就绪，就该艳子大显身手了。她先划根火柴点着煤油灯，再把灯捻子用一根缝被子的粗针挑一挑，这时油灯烟很大。艳子用两只手拿着我们准备好的那棵白菜花样，前后左右移动。刚熏时剪纸花样离得高一些，慢慢地艳子就往低放了。不一会儿，样子熏好了，原来的绿白菜熏成黑色的，熏出来的样子也是黑白的。窗花样子与报纸分离，我们每个人都得到好多样子，很晚了，也累了。

　　第二天一大早，我就开始裁纸，把各种颜色的纸裁成和白菜、猪、狗、羊等大小差不多的长方形或正方形、圆形，一般都要比原样大一些。把报纸上熏好的窗花样子剪去边，留一圈轮廓包住窗花。接下来就是根据窗花样子选不同颜色的纸，比如公鸡、梅花、山丹丹花一般用红色，白菜用绿色，牛用黄色，其他的往往不太注重色彩，各色都来一两个。选好之后，一般四到五张为一沓，把熏好的样子放在最上面，用事先用麻纸搓好的细细的捻子钉在一块儿。钉捻子是有诀窍的，打眼时用小剪刀刃轻轻地戳个小眼，一般在是纸的四周订四五个捻子，再在窗花镂空处订两三个（不能在熏样的实处订）。一切准备工作就绪，剩下的就看剪窗花的手艺了。鲜活的白菜，毛茸茸的小鸡，红彤彤的山丹丹花，女子们一头扎进了一沓沓待剪的窗花堆里，犹如勤劳的蜜蜂飞进了花丛中一样忙碌了起来。

时光已走远，那些记忆里的窗花，依然温润着如今的岁月。窗花，曾经剪出了家庭和睦，剪出了邻里和谐，剪出了温馨美好的时光。现在，生活条件越来越好，年味却越来越淡。吃的都能买到，衣服都是全新的，天天像过年。新年的脚步声越来越近，于是我将家里的玻璃贴上大大的窗花、门上贴上从别处讨来用毛笔写的春联，尽量将家布置得充满新年的味道。让放假的孩子们到街上转转，看看街灯，感受新年的气息。哎！我还该拿什么让我的孩子们感受年味呢？

骆驼美酒溢神州

> 草原上走来金色的骆驼,坚忍执着是你的品格。
> 豪迈中饱含着自信,百折不挠一路跋涉。
> 与时代俱进锲而不舍,团队的信念是拼搏。
> 九峰山飞出甜美的酒歌,清泉甘甜是大地的恩泽。
> 五谷香蕴含着淳朴,琼浆玉液绵厚润泽。
> 驰名神州饮誉四海,心中的喜悦是收获。
> 金骆驼,你是草原的骄傲,你是诚信的楷模。
> 走千里走万里,都有我们腾飞的金骆驼。

一曲《金骆驼之歌》,唱出骆驼酒业 65 年经久不衰的秘密。该企业自 1951 年成立以来,历经沧桑。源于骆驼的精神,坚韧不拔、锲而不舍;源于骆驼酒业掌门人,勇于创新,善于把握机会,敢于亮剑。内蒙古骆驼酒业九峰山生态文化产业园是国家 AAAA 级景区,北依大青山,南临九曲黄河,地处土默川。九峰山挺拔秀美,常年青松翠绿,周围的自然环境没有受到污染,是酿造优质美酒的洞天福地。

最美人间四月天,我有幸受骆驼酒业集团南部销售地区宋二怀经理邀请,与中国西部散文学会、鄂尔多斯东胜区文联以及鄂尔多斯东胜区酒文化协会作家朋友们一起,进行内蒙古骆驼酒业九峰山生态文化产业园探秘之旅:一个酒企业,是如何打造为内蒙古明星企业的?又是如何在中国白酒行业异军突起,雄霸一方的?

心怀神秘感，带着好奇，行走在宜人的春天里。九峰之水天际来，青山巍峨何壮哉！我们的车还没有停好，车窗缝隙已经溢进浓浓的酒香。"真香啊！"同行的刘婷吸吸鼻子。"是啊！"我也吸吸鼻子。车一停，我们迫不及待拥下车，随着人流迈入散着草香、花香、酒香的园区。同行的宋二怀经理告诉我们：九峰山生态园总占地面积为 12000 多平方米，其中一期占地约 56500 平方米，二期约 63500 平方米，总投资 3.5 亿元。总体规划是建成以公共为主的大型综合参观游览中心。一期工程 2014 年 3 月 5 日开工建设，投资约 1.5 亿元，包含生态餐饮中心、会展中心、研发中心、地下酒窖、温泉度假中心。园区有人工湖泊、音乐喷泉、水上高尔夫球场、小型卡丁车赛道，年均可接待游客 80 万人次，日平均可接待 2000 人次。还告诉大家今天的午餐是生态种植园采摘的纯绿色蔬菜。

在园区，好多人驻足仰首观赏"把酒问青天爵"，爵的造型前有流（倾酒的流槽），后有尾，中有杯，一侧有鋬，下有三足，杯口有二柱。我的思绪早已长上联想的翅膀，脑海跃出诗仙李白的诗句："举杯邀明月，对影成三人。""古来圣贤皆寂寞，惟有饮者留其名。"一路风景满目，湖光潋滟，亭台楼榭，垂柳婀娜多姿，杏花吐蕊怒放。到处生机勃勃，一片妖娆。

浓郁酒香牵着我的嗅觉，移步前行。抵达生产厂区，"内蒙清香第一酿"几个字跃入眼帘。宋二怀自豪地告诉大家，这是中国白酒协会酒专家对他们骆驼酒业的高度评价。内蒙古骆驼酒业不仅是内蒙古最早的酿酒企业之一，也是其白酒行业的领军企业。知识渊博、幽默风趣的宋总不失时机给大家讲述金骆驼的来历："据《三国志》记载，吕布（五原郡九原人也）从青少年时期就爱饮酒，而且只饮九峰山泉水酿造出来的酒。因他骁勇无比，被朝廷重用，多次调动。特别是调到洛阳后，仍然用骆驼从九峰山下运酒到洛阳。于是，人们习惯称包头酒为骆驼酒。又因吕布用金樽喝酒，所以又称之为金骆驼酒。"

宋总还让大家参观堆满酿酒粮食的仓库，那里都是优质高粱、大麦、豌豆、大米、黄糯米等酿酒原料。此刻，小美女刘婷走上前，伸手抓一小把个头很小、颜色为紫褐色的酿酒原料，让大家辨认是什么。有的说是高粱，有的说是糯米，有的说黍子，大家难以辨认。最后还是宋总告诉大家是黍子。为了收到更优质的酿酒原料，酒业集团给种植的农民免费提供种子，种出粮食，集团秋天回收，保证农民种粮卖粮无后顾之忧。我们实地观访了地缸发酵、高温大曲分层排列等厂房。厂房里工人干劲十足，挥动着铁锹——高粱入甑，然后蒸煮糊化，翻拌扬冷，装甑蒸馏。

　　多年来，骆驼酒业坚持传统古法酿酒工艺，它借九峰山泉甘甜润泽，萃取高粱的烈、豌豆的香、大麦的醇、山泉的甜，经地缸发酵、双蒸合一、甑桶蒸馏、陶缸静藏，尽显"色、香、味、格"酒骨，清香纯正，历久弥香。

　　我们边谈边走，宋总不失时机向我们介绍源于九峰山的清香纯正的天然泉水，采取古法工艺制曲，选用优质高粱、大麦、豌豆为原料，以"稳、准、细、净"为操作要点；实行清蒸两次清工艺；蒸粮、撒曲、上水、蒸酒、一清到底，以粮食为心，用地缸通过 28 天固态双边发酵等技术创新手段，生产出了不同风格、不同特点的多粮多曲酒，走出了一条人无我有、人有我新的工艺革新之路。每瓶骆驼酒的生产都严格遵循质量体系认证和产品包装认证体系程序。金骆驼以其稳固的品质和以消费者为尊的理念，被全国 30 家行业协会和"阳光 3·15"公认为中国消费者十大满意品牌。骆驼牌商标被认定为中国驰名商标。同行的作家朋友都称赞说，金骆驼才是真正的好酒，老百姓喝的放心酒，眼见为实啊！

　　不知不觉，随着人流来到储存室，那些盖着红盖头的大肚子陶坛盛满美酒，整齐有序地排列着。还有专门供游客品评各种品种的原浆酒。一向不喝酒的我，也举起酒杯，接些清澈透明的酒，酒香溢出，抿一小口，入口醇厚，落喉爽净，入胃绵甜甘冽，回味悠长，沁人心脾，让人醉倒在此！此处品酒，想起刚进入生产厂区时，所品尝的是发酵的蒸馏水。说起此事，我们几个不由得笑起来。

骆驼酒业，以倡导"绿色消费、健康消费、安全消费、放心消费、科学消费"为己任，弘扬企业个性化，提高核心竞争力，以人为本，扬正气、促和谐，全力打造和谐企业。每年 2 万吨金骆驼酒，经过理化检验、口感品评，分级储存。骆驼酒业拥有高中档 160 多个各种香型的白酒品种，远销全国 20 多个省市地区，堪称"中国清香型白酒的典范"。

午餐大伙吃纯绿色食品，品尝骆驼美酒。"天若不爱酒，斟酒不在天；地若不爱酒，九峰有酒泉；天地既爱酒，酌酒不愧天；滴滴沁心脾，杯杯见真意。"短暂驻足，这个芳香四溢的内蒙古骆驼酒业九峰山生态文化产业园，无论怎么看都充满诱惑。返程时酒香依旧飘逸，鸟儿依旧鸣唱。祝愿骆驼酒业更加美好！

青海茶卡天空壹号的诱惑

　　我拥抱了秋日的青海茶卡天空壹号的黎明。高原的天气已经略带寒意，茶卡天空壹号景区安静地躺在青海省海西蒙古族藏族自治州乌兰县茶卡镇的茶卡盐湖东北部。"茶卡"为藏语，意为"盐池"；蒙语为"达布逊淖尔"，意为"盐湖"。

　　我前行，远远望去，湖水与天空已经没有了明显的界限，晶莹碧波，浩瀚无垠，白茫茫，是雪？是盐？是海？我惊呆了！走近，看到湖水含盐量很大，在洁白的盐湖上覆盖着一层薄薄的卤水，还有形状各异、栩栩如生的朵朵盐花。纯净的白色湖面上倒映着湛蓝的天空、白白的云朵以及对岸的雪山，清晰而又美丽，犹如进入奇妙的幻境。

　　当我的脚踏上通往湖深处的钻石沉水栈道时，已经是上午9点多了。蓝天在我的脚下，白云在我的裙边。凝眸，我瞧见自己，一个独一无二的我！天地融合，似乎整个世界只能听到自己的呼吸声，自己融入了这神话般的世界。伸手可触的高原蓝天，宏伟的景象，向我展现一片和平气象。是内心的平静，是对那永恒的安宁与幸福的无限展望，不掺杂一丝忧悒和恐惧，已铭记于心，成为我心中的象征，我仿佛更接近天堂！

　　慢行在格桑花栈道，陡觉神气清爽。或来个全景照，或来个腾空飞跃，或穿上雨鞋在盐湖来张人影一线的美照。无垠的碧空，悠悠的白云，远处是静谧的雪山做背景，给人以视觉冲击力和心灵震撼力！一种博大的美悄然充溢我的心头。我忽然想起早在西汉时期，当地羌族人就已经采盐食用的历史记载（《汉书·地理志》），他们以虔诚的心注望美，他们抑制着激动，欣赏自然美景，营造着自己的生活乐园。而今，愿我以纯洁的目光瞻仰这美的伟大。我有幸享受这福祉。

听说这里有许多鲜为人知的古老传说。相传，西王母有一块奇特的宝镜。用宝镜照人，人会变得更美丽、更娇艳。这一切，被她那七个可爱的女儿知道了。有一天，西王母出宫游玩，她们趁着这个机会，偷偷地溜进母亲的寝室，拿出了那块宝镜。大家你不让我，我不让你，争论不休。突然，"啪"的一声，镜子重重地掉在地上，摔成了碎片。茶卡天空壹号就是散落人间的宝镜碎片之一。难怪这里能吸引众多带"长枪短炮"的摄影师，还有热衷于摆弄各种姿势照相的游人们。

祭敖包是蒙古民族传统的习俗，只有茶卡盐湖敖包是蒙古族唯一的女人能去祭的敖包。相传，远古年间，茶卡遍地金银珠宝，山神魔怪为了争夺财宝，致使茶卡地区连年战争，百姓苦不堪言。有一日，西王母路过此地，伤心地流下了眼泪。为了解救苦难中的黎民百姓，不使茶卡盐湖成为豪强的一己之私，而可以为更多的人民造福，西王母命司水天神放下天水来把宝贝都淹了，并派来1000位仙女日夜看守，等待盐湖为人类造福的那一天的到来。多年以后，茶卡地区依然十年九灾，牧民们过着饥寒交迫的生活。有一日，一个喇嘛大活佛路经此地，牧羊人向他询问幸福之路，活佛告诉他："这盐湖里住着1000个巴里拉登牧（女神），她们能给你们带来吉祥和幸福。"茶卡盐湖是女神在护佑，所以茶卡盐湖敖包是女人们才能去祭的。她们把自然之美迎进了祭神的敖包，这是当地蒙古族人们的信仰。在当地蒙古族人们心中，茶卡盐湖是非常神圣、不可侵犯的，是大自然的瑰宝。

行走在美丽、神奇与古老融于一体的茶卡天空壹号，体验人与自然的完美融合。景区的茶卡天空壹号文化旅游有限公司总经理康希元介绍说：位于北纬36度的盐湖上空星光明亮而璀璨，头上繁星点点，脚下星空漫漫，这里由于海拔高，空气又稀薄，少有污染，所以能见度很高，肉眼就能看到满天银河，让您全方位欣赏镜湖美景，体验人与自然完美融合的湖光意境。又因为这里盐卤水的盐含量十分丰富，盐密度达到27%以上，所以人在水中可以漂浮不沉。后期这里会有专门的室外漂浮体验馆，游客可以在海拔3059米的青藏高原上体验漂浮，在湖面上闭目养神，享受阳光的拥抱。

在银色的世界里穿行，会被一座用天然的大青盐建成的美丽的"茶卡茶卡天空壹号超市"吸引，大家争先恐后摆弄着姿势，将美丽的瞬间定格。这里的盐，之所以叫青盐，是因为它含有微量黑色杂质，盐色呈暗白色。青盐粒大、透明、味道纯正，因其产于青海蒙古人居住地，又称为"蒙青盐"。

据史料记载，乾隆漱口必用茶卡盐，不但如此，连菜肴中调味也要有茶卡盐，在《红楼梦》中贾宝玉也是用茶卡盐湖的青盐漱口的。明代刘文泰领衔编撰的《本草品汇精要》中写道："今青盐从西羌来者，形块方棱，明莹而青黑色，最奇。"所以人们才叫茶卡盐为青盐。青盐不仅储量大、食用口感佳，而且具有极高的药用价值，具有泻热、凉血、明目、润燥等功效，还有辟邪之作用。

在青海，从古羌人时代就延续着一种古老的驱瘟逐邪的方法"爆盐"：在大年三十晚上先用柏木或松木劈柴垒好一个宝塔状的"松蓬"，里面放好大颗粒的青盐，点燃松蓬，青盐在热力的作用下不断地发生爆炸，那噼里啪啦的声音比鞭炮还响呢。清代以前，中国还没有牙膏，当时的人就用盐水漱口的方式来清洁口腔，而贵族阶层漱口用盐之所选就是青盐。但是这边的青盐是还没有经过加工处理的，是用于工业用途的。实在好奇，我忍不住拿起来一两颗尝尝，好咸好咸，这种盐不能直接食用的。

返程时，我特地买了两袋青盐用来治疗自己疼痛的膝盖，同时也做个纪念。

我的文学梦

文学，让我变得通达、宽容、自信。"腹有诗书气自华"，做一个真正快乐幸福的女人，散发出淡淡的清香。沉迷文学，让我忘记很多琐事和烦恼。一书在手，静心安神。上下五千年，十万八千里，历史与瞬间，永恒与断裂，渺小与伟大。正如三毛所说，但觉风过群山，花飞漫天，内心安宁明净却又饱满。

曾记得我应邀参加"瓦窑堡文学论坛"活动，会议恰好设在子长中学，因会议成员中有不少中学生，即兴发言时，我对参加此次会议的孩子们说："当我读初中时，我就怀揣一个文学梦，因生计搁浅。人到中年后，生活条件好了，才重拾我的'文学梦'。但在之前，我从来没有放弃过阅读，可惜自己读名著太少了，现在想看书，眼睛出现问题——干眼症。但还是挤时间每天少阅读一会儿。只要坚持一定会有收获的，我是2007年才开始创作，2015年出了一本散文集，现在准备出下一本书。"我鼓励孩子，好好阅读，永不放弃读书、写作。

文友小弟亚宁说："高老师，能否为我们讲堂课？"讲什么呢？我心里一下无底了。我不是惧怕登讲台，而是面对成人，那些追求文学的成年人，该谈什么呢？

细细想：我是如何走上文学创作之路的？那是三十多年前的事了。我在初中时读了大量的小说，《薛刚反唐》《三国演义》《水浒传》等。初二时，语文老师张国锋鼓励，将我的作文在两个班里当范文朗读点评，激起了我对文学的热爱。后因初三班主任杨和平老师精彩的文言文讲解，让我喜欢上了古典诗词，对文学更加热爱，梦想着有一天，我的文字也变成铅字。我结婚时，找对象也想找一个喜欢文学的人，这样我遇到了现任丈夫刘志成先生，丈夫一直坚持文学创作，对我也是一种激励。在文学路上我遇到白才老师、史小溪老师、淡墨老师、刘建光老师、杜占军老师，我的散文有的被选入王剑冰老师、李晓虹老师、耿立老师等编写的年选里。感恩他们对我的激励、扶持。

记得小时候，我家有一个一尺多长的小小的红色收音机。每天下午3时许有个《小说评书》节目，恰好播放路遥的《人生》。恰逢暑假，父母中午吃完饭下地干活，我也提着小柳筐，去地里拔草、薅些猪菜。我会出去一会儿，又偷偷返回家，将窗户上面的插销拨开，从窗户上跳进家，打开收音机听《人生》。我被刘巧珍、高家林的故事深深吸引。后来我又买了路遥的《平凡的世界》《早晨从中午开始》等，挤时间读。

可是当我也开始写作时，丈夫说，一个家里不能有两个作家。谁来干家务活，谁来带孩子？丈夫经常去外面参加聚会：今天跟这个文友吃饭，明天又跟那个文友吃饭；今天这个文友电话，明天那个文友电话，谈论文学。一个月不在家吃几顿饭。我好羡慕丈夫与文友谈天说地。

2003年我从陕北到内蒙古小城生活，身边没有一个亲近的人帮我，有时孩子睡着了，我赶快将垃圾提上半里路送出去，或深井吊水。生活的苦，让我更渴望精神上的追求。当孩子渐渐长大了，我挤时间看书写作。第三届冰心散文奖在西安举行，丈夫获了奖。我曾和当时单位的领导请假，想陪同丈夫参加笔会，也很想了解一下文学笔会具体干什么。

在这次笔会上，我见到了著名作家贾平凹先生、王剑冰先生，女作家西西、素素等。尤其看到女作家穿着谈吐优雅，叫人一看就舒服，她们就像一朵朵兰花花，悠然暗香。都是女人，她们活出了自己的女王的模样。平日的我，单位、家里两点一线，满脸沧桑，一副怨妇形象。我决定挤时间看书、写作，竭力拓展生命的宽度，给有限的生命染出美艳温情的一段色彩。从此，我重新提起笔来，用笔描绘我的人生。再来后，我努力工作，开始文学创作。因我学英语，能学好英语，怎么学不会写作呢？我那股不服输的劲再加上受到我的文学恩师白才的指点、扶持，我的进步很快。也有人嘲笑我，写得指甲盖长点，还有丈夫的文学印痕。我不加理睬，继续沉下心看书、写作。渐渐地因文学，我有幸被某教育局借调教育学会，有了更宽裕的时间进行我的文学创作。后来，丈夫的应酬少了，外出的机会也少了。我不仅照顾好丈夫的日常起居，甚至也是丈夫的得力助手，我的家庭比以前更加和睦了。

另一个原因，是我小时候外公、母亲给我讲了好多故事。夏夜，满天星星，仰望星空，母亲讲的多是一些民间流传多年的神话传说。"织女和牛郎"单纯而美好的爱情故事，给我留下深刻印象。"牛郎织女""光棍汉与美女图""狐狸精变白菜""英雄王乔"等故事令我至今记忆犹新。还有我多年养成看书的习惯，在知识的浸润下，独守灵魂的孤傲，让自己的灵感在指间生花，用文字唱歌，让平淡的生活有一种别致的情调。

愿此生修得一身书卷气，方赢人生从容心。

两只小仓鼠

  大儿子养了两只小仓鼠。刚开始住"平房"，感觉它们有点拥挤，大儿子帮它们迁入从网上买的"复式小洋楼"里。地板上铺满了木屑。一层是餐厅兼活动室，餐厅的一角有一个桃形食盆，另一边安上一个奶嘴饮水器。当它们肚子饿时，就会来到这里饱餐一顿。它们用前爪抱住玉米、瓜子等，启动它们的"咀嚼机"享用美味大餐，渴了就把嘴伸到奶嘴下补充水分。吃饱喝足了，就跳上"跑步机"进行运动；玩累了，它们便顺着滑梯往上爬，到它们二层的蘑菇小屋休息。每天，仓鼠在小洋楼里面快乐地生活着。

  有时大儿子忙，让我帮助照顾这两只仓鼠。"嘟嘟，嘟嘟"，我呼唤着，开始给桃形食盆加食了。小仓鼠从蘑菇小屋里伸出头，用鼻子嗅了又嗅，闻到饭的香味，顺着滑梯一溜烟滚下来，直奔食盒，津津有味吃开来。仓鼠吃东西的时候样子最可爱了，它们用两只前爪抱着最爱吃的瓜子、玉米粒，不停地啃着。有时一只霸道地钻进食盒，急得另一只"吱吱"直叫。如果小仓鼠饿了，食盒中又没有食物，它们就会用爪子在木屑里刨来刨去，寻找食物。吃饱后，小仓鼠会在它的专用跑步机上进行"减肥"运动，看着它们那胖胖的身子在滚轮上跑动，更加觉得它们很可爱。

  我姑且叫灰色的"大嘟嘟"，白色的叫"小嘟嘟"吧。小仓鼠的两只眼睛，就像两颗黑宝石，小小的耳朵，尖尖的嘴巴，身子胖胖的、毛茸茸的，短短的尾巴，可爱极了。

小仓鼠有时也很淘气，下楼时不走正道，不顺着滑梯滑，偏偏顺笼架的栅栏往下溜，溜到一半就掉下来了，可它们满不在乎地一骨碌爬起来，有时干脆来个"高空跳跃"从楼上跳下来。仓鼠们还经常举办爬高比赛。比赛开始了，"大嘟嘟"不守规则，先爬了上去；"小嘟嘟"不甘示弱，也快速地爬了上去，没想到却遥遥领先了。它得意扬扬地俯视它的同伴，可是它太得意忘形了，爪子一松就掉了下去。它悻悻地爬起来，又继续往上爬……

　　隔几天，在大儿子的示范下我独自负责给它们"盐浴"。它们在"盐浴"池打着滚，浑身沾满小小的盐粒。洗完澡了，给它们换上干净的木屑，换上矿泉水。看到它们惬意地生活着，忙碌一天的我心情也放松了。大儿子曾说："妈妈，你孤独、寂寞时逗逗仓鼠，也挺好的。"刚开始，我有点不太乐意，渐渐地我也喜欢上了这对仓鼠。希望它们快快长大，生下一群小仓鼠，成为一个幸福的大家庭。

生日偶感

五十年的光阴，半个世纪的岁月，不管我曾经是否在意，岁月都以它固有的姿态，使我不知疲倦地、轻盈地迈进了知天命之年的隧道。我的生命在这一瞬间跌跌撞撞闯入了另一个季节。生命的年轮浸透着汗水，凝聚着操劳和奉献，也积淀了许多故事。

生日，不仅是对生命开始的纪念，也是对赋予自己生命的父母的感恩。我跟母亲是同一天生日。小时候，每年我都期盼过生日。到了过生日那天，不见母亲给做好吃的，我哭闹着要过生日。当时年龄小，很难体谅生活的贫困。母亲说，刚过完年过什么生日？被我缠得不行，蒸了一碗米饭给我吃。我高兴地端起碗，滚烫的米饭，我是一边吹气一边吃掉。当我拿着空碗找母亲再去盛饭时，母亲说没有了，只蒸了一小碗给我一个人吃，我问她怎么不多蒸点，自己也吃点。母亲说她是大人，不过生日了。我跑向盛糜米的米缸，才发现缸里的糜米不多了。从此，我再没有缠着母亲过过生日。升级为人母的我更能理解养育之苦、抚育之情。生活在外省的我，每当过生日都会给父母送去问候祝福。

2019 年"三八节"，恰逢农历二月二龙抬头，堪称"龙凤呈祥"节，这天也是我的生日。轰隆隆的鞭炮声将我从睡梦中震醒，睁眼屋内一片漆黑。鞭炮声接连不断，震得我毫无睡意。翻开手机浏览了一下微信，微信群、朋友圈铺天盖地的都是"三八节"的祝福语。思绪拉得好远。

记得那年我在学校当教师，中午放学，忽然学校喇叭通知：今天是某某的生日，全校师生祝她生日快乐！没多久，校委会领导为我送上了一个大大的蛋糕。当时我正要分享蛋糕，校领导连忙阻止，让我带回去和丈夫、孩子一起吃。虽然后来的单位也为我的生日送过蛋糕，但记忆最深的还是在学校那一次。后来，单位在每个人生日那天都会送去祝福和生日蛋糕，的确也是幸福开心的事。

自从喜欢上文学，有时三八节，我会收到文友网上为我订购的鲜嫩水红的海棠花。我刚上完课，回到办公室发现同事们都围在我办公桌前欣赏海棠花。因北方少花，大家不知是什么名花，从网上一查，才知道是"海棠花"。鲜艳的海棠花放在我的桌子上，我的心暖暖的。我时常注视它，想着我们一起文学采风的时光。过了一些时间，它快干枯了，恰逢下雨，我便让它淋雨。海棠花叶片上生出了白色的虫子，渐渐枝叶也枯萎了。我将钱串串花栽入那个小盆里，一直放在书房里。忘不了我跟友人一起赏风景，她说她喜欢北方的雪，我盼着冬天到来，希望她能与我一起赏雪。遗憾的是，年纪轻轻的她告别了人世，这也是我今生的痛，祝愿天国里的她永远快乐！

又逢三八节，我去书店买几本打折的书，犒劳自己的节日、生日，二妹、侄女及文友也发红包祝福二月二龙抬头。还记得小时候，爷爷每到二月二这天都要将他的孙子们叫去剃头。弟弟们都剃成锅盖头。母亲则忙着做猪灌肠，给我们煮着吃，傍晚时分将烧的柴草灰在房子的周边撒上一圈，围灰尘，将毛鬼怪全部阻拦在外。

从小生活在城里的小孩，我不知道该怎么给他们过此节，只是让儿子们去理个发。中午午休，我看到淘气的小孩用针尖细的笔在窗上乱描。我向窗外张望，天灰蒙蒙的，又瞧地面，地面似乎湿了。哦，春雨，三八喜逢春雨，刚走到二楼便闻到浓浓的雨腥味，我的心情好愉悦。此刻，街上已有人打伞了，干净的石板上已有了水光，迎面走来一个敞开外套手插裤兜的大汉，迈着八字步，慢悠悠走着。"淋湿了，快躲躲"，一个男人在喊马路旁卖水果的妇女。我快步走到公共汽车站，一头钻进车里。到站了，我戴上棉衣帽子，去超市购些食物。回家时雨已停了，窗外的栏杆上悬着一排雨珠，告诉我春天的脚步已逼近。

2021年我的生日聚会，晓娟和贵平为我准备的。她将康巴什、达拉特旗、东胜区的文友邀请在一起，又因年味未散而恰逢三八节，大家欢聚一起。对我来说生日没少过，像这样隆重的生日聚会还是第一次。在众人的祝福声中，我许愿并吹灭了蜡烛。

友情无价！人这一生，有几个人能记住你的生日？珍惜友情！走过漫漫岁月，经历坎坷挫折的磨砺，虽然不再青春飞扬，不再明艳动人，但是更要提高自己的内涵，要更加温柔、平和、恬静、智慧。依然会用心谱写生命之歌，用文字抒发自己的内心，用心享受生命的真谛，细细品味人生的秋冬即将带来的丰盛与宁静。做一个心静如水、成熟豁达、安静淡雅的女人。

那片燃烧的太阳海

陕北黄土高原，承载着昂扬的生命。早听说故乡有片葵花林。移居塞外小城的我，时常思念向日葵摇漾着灿烂喜悦的婆娑倩影，同时也有一种魂牵梦绕般的眷恋。2019年8月入秋时节，我和冬梅从鄂尔多斯小城出发，一路南下，阿莲从居住的小城一路北上，我们仨相约去看那片念念不忘的燃烧的海。从神木市尔林兔镇一路南下，顺着彩旗的指引，沿着柏油路没走多久，我们在离那片花海1公里左右把车子停在一片天然的草坪上，步行去观赏那片太阳海。此刻人声鼎沸，香味扑鼻，恰逢葵花节，小吃摊五花八门，让人目不暇接。有甜美的冰激凌、飘香的蒙古大烤串、美味的旋风薯塔、诱人的辣烤鱿鱼、臭气扑鼻的长沙臭豆腐等。这些美味都诱惑不了我们，我们要观赏那片太阳海。

傍晚时分，阳光依然炽烈，亮得晃眼。从很远的地方就望见了那一大片金色的向日葵海洋，那片向日葵的上空辉映出一片片腾升的金光，千万向日葵如千万炽焰，绚烂、耀眼，奔放不羁地汇成一片燃烧的海，那是凡·高笔下升腾的火焰，又好像是被移入人间的火焰山，炽热壮观。看到此景，我忘了时间，忘了空间，感到我的生命燃起了金色的希望。走近，这是一片背对着太阳的向日葵。小时候的儿歌"向日葵，花儿黄，朵朵花儿向太阳"在耳畔回响。这株粗壮的向日葵笔直立着，花盘拒绝太阳的亲吻。那是花盘里的种子正在逐渐熟透的日子。向日葵，对于农村长大的我和阿莲来说，特别熟悉。回想起小时候，春天下过雨，母亲就在房前屋后用锄刨坑，我就往坑里放三到四粒葵花种子，再用脚把土填上，有时馋嘴的我会偷偷挑个大的种子放到嘴里吃了，母亲就说："你今天吃一粒，要把这一粒种子种上，将来就能吃好多粒。"于是我不再贪嘴了。母亲还会在田头地畔偶尔种几株葵花，也没怎么侍弄，秋天就会长成小锅盖大小的花盘。把葵花籽晾晒干了，用铁锅炒熟，我带到学校也会分给阿莲。有时与弟妹们争夺炒香的葵花籽，一片笑声里夹着尖叫。

那晚，阿莲和我睡在那片燃烧的太阳海边，伴着秋虫的叫声，沉沉睡去。第二天天刚亮，我和阿莲推门直奔葵花林。初秋，空气清新，略带凉意。乡村特别静谧。我们惊异地发现，昨日低垂的向日葵花盘，今晨生机盎然，一个个就像亭亭玉立的美少女，翘首顾盼，向着初升的太阳。我忽然想起一个凄美的希腊神话传说：

克丽泰是一位水泽仙女。一天，她在树林里遇见了正在狩猎的太阳神阿波罗，她深深为这位俊美的神所着迷，疯狂地爱上了他。可是，阿波罗连正眼也不瞧她一下就走了。克丽泰热切地盼望有一天阿波罗能跟她说说话，但她却再也没有遇见过他。于是她每天注视着天空，看着阿波罗驾着金碧辉煌的日车划过天空。她目不转睛地注视着阿波罗，直到他下山。每天，她就这样呆坐着，头发散乱，面容憔悴。一到日出，她便望向太阳。后来，众神怜悯她，把她变成一大朵金黄色的向日葵。她的脸儿变成了花盘，永远向着太阳，每日追随他——阿波罗，向他诉说她永远不变的爱慕。

没多久，冬梅也开车过来赏向日葵。她说她昨天下午来过，还要再看看晨辉中的向日葵。我们在静谧的晨风中凝望着，金黄色的花盘与翠绿色的茎秆，桃形的叶片与宝蓝色的如绸缎的天空相称，置身其中，有一种美的享受。走近，久久徘徊，你抚摸它丝绢般柔润的花瓣，你摇晃它毛茸茸青绿色的枝秆，你仰望枝头那饱满的褐黄色果盘，你围着它不停地转圈，揉着眼一遍又一遍地望着太阳。那色彩像阳光酿造，芬芳而灿烂；又宛如金子铸就，明亮而珍贵，绚烂耀眼。世界上有好多国家把向日葵定为国花。向日葵，向往光明之花，给人带来美好希望之花，它全身是宝，把自己无私地奉献给人类。

　　每个花盘都有阳光般的灿烂，阳光般的温暖，阳光般的微笑，明艳奔放。我，阿莲和冬梅以温柔、幸福的模样定格在一片永恒金色的年轮花海间。

第六辑　今夜星光灿烂

你是我心中的一首歌

　　总有一些时候，总有几个瞬间，有些人在心头挥之不散。或许，梅朵的青春里，到处都是莫小北的影子。莫小北身上有着一种难以割舍的东西在吸引她，让梅朵渴望知道二十多年后的莫小北到底在哪里，过得好不好。多次打听，终于知道莫小北已经官居高位。好不容易跟别人索要到莫小北的电话，打通了，找个要办事的借口，见到了英姿飒爽的莫小北。没寒暄几句，电话铃响了，让莫小北开会，他们匆匆道别。后来，他们偶尔打电话互相问候一下，淡淡的。直到有了微信后，有一天，梅朵被一位女同学拉进一个群里，莫小北也在群里，自然而然聊的话题要多些。梅朵在群里说，好久没有去故乡的那片海看看。恰逢侄女高考，梅朵回到故乡的小城。莫小北在微信上留言，让梅朵约些同学一起去看海。一种温暖的感觉涌上梅朵心头。

　　美丽的高原上有一所初级中学，梅朵和莫小北是 87 届同班同学。梅朵青涩、温婉、娴静，一头黄发扎成两个小麻花辫子，在班里成绩中等，平时沉默寡言。唯一的好朋友阿莲分在了一班，她分在二班，这让她感到非常失落。幸好她们的语文、数学老师都一样，班级在隔壁，有时，作业写完，不忙时，彼此招呼一下，说说悄悄话，还是挺高兴的。梅朵每天努力学习，可是成绩一直排在班里十几名。

　　班里那个叫莫小北的男孩，长得特别酷，有着一双会说话的大眼睛，平时话不多但很有主见，从不炫耀自己的聪明。梅朵不由自主地偷偷观察莫小北，也没发现他怎么用功学习。他回答问题声音特别洪亮，思维

128

敏捷，有时数学老师在黑板上板书，没等老师板书写完，他已经将答案计算出来。无论数学、语文、英语等，各科都名列前茅。莫小北还有一副好嗓子，课前领大家唱歌或是参加全校歌咏比赛。上天似乎特别眷顾莫小北，将所有的优点都集中在了他一个人身上！从此，梅朵对莫小北特别崇拜。

那天，他们冒着蒙蒙细雨参观了曾就读的初级中学，学校还在旧址上，只是在原来的院中又盖起了教学楼，临门口的窑洞上面又加了一层，成了双层窑洞。因周末放假，校大门锁着，他们没能进去看看。想起曾经住校的苦日子，大家兴奋地交谈、议论着。是呀，那时粮食用的是大家交的千家米，贮存不好，易生虫，人多没好饭，一根长菜，半碗汤。大家回忆着，愉快地交谈。

再往前走，学校北边是一片庄稼地。莫小北说："谁没抬过茅粪？"是呀，他们经常在劳动课上，挖水渠、种菜、松土、浇水、抬茅粪等。那时，学校老师、学生的蔬菜，都是学生们用劳动课种植实现自给自足。但现在学校的少半庄稼地已被占用，修成操场，被高高的红砖墙围起来。

校园东北角有一座房子，当年还住着人，听说现在不住人了。"现在的医院还在，外观特别气派，曾经的农村信用社已经人去房空了，迁了新址。"莫小北指着说。再往北边是医院，空无一人，特别安静。"小病门诊看了，大病去了县医院，这里只打个预防针。"那些潜藏在梅朵心底的记忆，陡然一幕幕地重映出来。梅朵的心有些抖颤了，被一种感怀已往的情绪所激动，她的双眼起雾了。那时，他们多么纯真，校园周围琅琅的读书声，一群朝气蓬勃的少女少男们，他们孕育着玫瑰色的希望，努力学习。从前一桩桩一件件的事，梅朵都历历在目……

新学期开始，梅朵和莫小北恰好分在同一组值日，莫小北总是抢先打水扫地、擦桌子。那时莫小北比梅朵略矮一点，擦黑板时莫小北一跳一跳擦，几下将黑板的下面擦得干干净净，最上面的由梅朵擦。擦完黑板，莫小北忙拿水让梅朵洗手上的粉笔灰，然后，又掏出一块折叠成方块的小手帕，让梅朵擦手。小手帕上香皂的清香让梅朵的心里有点暖意。当梅朵擦完准备还给莫小北时，莫小北已经离开教室倒垃圾去了。梅朵只好等，这样将小手帕在自己衣兜里装了好几天。一个男孩竟然将小手帕洗得那么干净，叠得那么整齐。莫小北性情温和，衣着朴素整洁干净，谈吐彬彬有礼，越来越让梅朵觉得莫小北非常可爱。

乡间的春天，青绿充满着生机，小草儿从土里钻出来，树的枝条上的芽苞骨朵鼓鼓的。校舍外已经有了一层朦胧的绿意。梅朵特别盼着值日和劳动课。

学校安排每班每周都有一节劳动课，开春由班主任和班干部组织去挖小渠，防止雨季把种在地里的玉米淹死。每个学生要挖一米长、半米宽的小渠。梅朵努力挖，可是还是落在最后。莫小北已经挖完，带几个男生过来帮女生挖。莫小北卖力挖土，鼻尖上有细细的小汗滴，梅朵也将自己的小手帕递给莫小北。莫小北只顾挖土，连忙说："不用，不用。"挖完了，莫小北去小渠旁边的柳树上折一段光滑的柳枝做柳笛来吹，他三下五除二将柳枝拧松，取掉里面的枝条，然后用小刀将柳枝切成一段一段的，用指甲在末端轻轻褪去一小截外皮，这样柳笛就做成了。他们每个人口上衔着柳笛，鼓着腮帮子拼命吹，大家忘记了疲劳，又说又笑，别提多开心了。

最难忘的劳动课是抬茅粪。渴盼户外活动，又很烦抬茅粪的臭味，有时一不小心，会把粪便溅到身上。谁也不想上这样的劳动课。可是没有办法，这是硬任务。先是班干部带头，自然不会缺莫小北了。但对于梅朵来说，只要与莫小北一起干活，臭脏都无所谓。

冬天，有时下午放学，作业不多，梅朵无意间听说莫小北在操场上打篮球，便会拽上自己的好朋友阿莲去操场看莫小北打篮球。当莫小北投球进篮时，场外的梅朵高呼为他喝彩。情窦初开的年纪，梅朵心里有一种说不出的甜蜜……

"中午，咱们去校园东边的农家乐吃本地特色菜鸡肉炖蘑菇。"莫小北的话将梅朵从少年时代纯洁的友情回忆中拉回了现实。莫小北特意邀请其他同学陪同一起吃饭。此刻，梅朵和阿莲去农家乐的饭店外面看，这里的一切都变了：宽阔的马路，整洁的东西商铺，街道干净整洁。唯独不变的是南边商铺后面那片绿油油的草地，一阵阵的青草香，随微风荡过来，让人陡觉神气清爽。真想下去走走。梅朵对大自然有着无以言状的依恋，难得今日逍遥，有时间散步闻闻花香、听听鸟鸣。

吃完饭后，他们又去看海。故乡的海，给梅朵的灵魂带来了愉悦和宁静，海上飘着柔曼的轻纱，给了梅朵心灵深处的温暖。天气真美，不冷不热，那股熟悉而陌生的咸咸的海味，熏得人微醉。踏上长长的木质栈桥，南边的水位退去，开满不知名的小黄花，一些牛儿在悠闲地甩着尾巴，也有人去未长草的沙滩玩。这条栈桥差不多两公里长，放眼北望，也能瞭见对面，莫小北忧伤地说："这片海快要干涸了。"

是呀，记得小时候，他们经常骑自行车到海边玩，那时一眼也望不到边，那时的鱼特别多。那退去的海上，已经人为拓开了一条宽宽的土路。因经济开发，地下采煤过度，这片海的面积日渐缩小，让人心生悲伤。此时，好多遗鸥从头顶上飞过，不知忧伤地盘旋着、飞翔着……虽说几百公里不太远，可是现代人的生活节奏快，谁有那么多闲情雅致，跑到从小再也熟悉不过的景点。梅朵知道，其他同学都在本地居住，这次都是为了她，为了那份纯真的学友情，知道她好多年没有回故里，特意陪同她的。晚上，莫小北特意安排吃鱼，还唱了一曲《天边》，那悠远的曲调，磁性的男中音勾出一幅幅逼真的图画来。以后的每一天，梅朵都听《天边》，听着听着，梅朵脑海里浮现出才华横溢、天赋极高、出类拔萃的莫小北。"莫小北，你是我内心深处的一首歌。"梅朵心里默默念道。

喜欢文字的梅朵不知道怎样才能用文字描绘出自己心中的狂热情愫来，有时梅朵哀叹：一晃人到中年，短暂的相遇，温馨感人，非常炽热。尤其在独坐时，那种激情，让梅朵忍不住发个信息看他忙什么。有时会盯着电脑或握着笔想象勾画出满纸的莫小北。梅朵在青春年华里认识了莫小北，那年华充满了最初的梦幻和欢欣，多年后，还激动着梅朵的心！

　　忽听说九月九日有乡村庙会，同学李在同学微信群里邀请大家一起相聚。梅朵一听，眼睛一下子亮起，像一个少女去赴什么约会似的。多少年了，对莫小北的思念，年深月久，成了她生活的一部分，相聚时，却装作最平常的同学友情，内心的痴情、炽热强压下去。在梅朵心里，只有莫小北是最懂她的，她也对莫小北有知己之感。"明天将去赶庙会，肯定能见到莫小北。"梅朵心里想。

　　第二天，匆匆地，一个多小时的车程，到了地方恰好中午，接到阿莲的电话："我们已经到了。你走到哪里了？"梅朵边打电话边走进那曾经吃过土鸡炖蘑菇的农家乐饭店，看到两桌人在吃饭，阿莲远远招呼让她过去。梅朵一眼看到了莫小北。

　　吃过饭去灶火湾赶庙会，莫小北在前面开车，梅朵在后面跟着，一不留神，跟不上了，可是到了转弯之处，又看到莫小北的车恰到好处地打着转向带路。下午1点多钟，到了灶火湾交流会。昔日驴车赶会，今朝开车赶会，车比人多，路窄，两边都停着车。走走停停，终于到停车场，找了个位子。人声鼎沸，热闹非凡。恰好初中同学在那里，还招呼大家吃了些羊肉。喝酒吃肉，两桌同学挤凑在一起。梅朵远远打量着莫小北，莫小北穿着灰色的带三条蓝色条纹的外套毛衫，看上去干练、时尚，透着几分英俊。腋下夹小小的皮包，走路时，也不失风度。莫小北电话铃声响了，站在不远处的梅朵听到那首《天边》，心里暖暖的。她曾经告诉莫小北她喜欢这首歌，并且会唱了，一次在歌吧时，梅朵曾唱这首歌给莫小北听，遗憾的是，梅朵唱到一半怎么也唱不下去了，悲伤侵袭着她。回到家，莫小北发来信息道："刚到，勿念。你呢？"梅朵一下想起一句话来："有人还记得我，世上还有颗心被占据。"匆匆，只为了看一眼。见面时，又害怕与莫小北说话。因聚会，莫小北与梅朵联系渐多，但每次联系都是匆匆的，忙开会、忙下乡之类，如同隔着悠悠岁月。可是算起来相识三十个年头啦。感觉莫小北是极熟悉而又极生疏的人。每天都喜欢听那首《天边》，脑际老是莫小北的影子。有时想他，忽然发现他出现在群里或在自己的朋友圈发些图片及诗句，这倒像是冥冥中回应她。还记得那次同学聚会上，再次目睹莫小北的风采，他沉着稳重，言辞简洁干脆的演讲赢来阵阵掌声。梅朵听得入痴入迷。莫小北的为人处世里，透露着他独特的气质和涵养，散发出令人无法抗拒的魅力。当阿莲问梅朵："今生，你精神的寄托是什么？"梅朵说："写作吧。""那你的灵魂寄托是什么？"梅朵的泪一下子流出来……

还记得那年夏天，梅朵漫步在绿荫下，雨滴敲打着伞，发出清脆的声音。莫小北说，秋天邀请同学们再一起去看心中的海。就让那月儿作证，你是否记得自己的承诺？此刻，梅朵的眼睛又起雾了……梅朵知道，对一个人的欣赏，大多敬于才华。敬中有亲，是源于人灵魂的魅力。有灵魂的温度，才是一个男人真正的魅力。它根植于内心深处的教养，闪着耀眼的光芒，无形中温暖身边的人。梅朵曾在微信上问莫小北："难道你对我的情仅仅是同学情吗？这么多年，我从自卑中挣扎出来，觅读群书，每天在提升自己，为的是当我走近你时，心里不自卑，有资格和你交往！"莫小北装作没看到。莫小北曾说："我去过你家。我是同学中结婚最迟的一个。"一份最干净的情感纠葛，他们彼此欣赏，互相喜欢。因了那一场同学的缘，因了这一份知遇的暖。斑驳在流年里的那些疏影，就让他们以安静的模样，在时光里修一份禅意的圆满，成全一场无须邀约的邂逅。她憧憬和追求真正的友情，渴望有个男子以深挚的友情拂去她心头的孤寂、惆怅和忧郁。幸运的是，潜藏在心中绝美的秘密让在世俗的浓尘里的她变得明媚起来。

　　又一个春天来临，北方的天气乍暖还寒。蜗居在家的梅朵，接到阿莲的电话："去户外看看，柳树、杏树发芽了。"梅朵下楼，去看二道巷的那些杏树。杏树的苞骨朵被红褐色、绿色的叶托着，已经鼓鼓的；小草、马莲都从地里冒出来了；同根的两棵榆树，枝条上长出密密麻麻米粒大褐色的小小苞骨朵。梅朵一下想起一句话："有的人，仿佛注定要分开，就像一棵树上的两根树枝，原本长在一起，但伴随各自发芽，渐渐分杈，生长向不同的方向，再也无法回首。"岁月流转，不肯老去的缘，今生的祝福，目光里的牵念——就让这份纯洁的友情镌刻在心底。

今夜星光灿烂

（一）

　　是谁偷走了那颗思念的心，从此恋上回味的时光？注定有一场不同寻常的生命之旅，来一场不同寻常的邀约。艳妮稍有闲空，便感觉阿祥就像清晨突然拉开窗帘的那一瞬间的阳光一样破窗而入，温柔的亮光笼罩着她。能在茫茫人海中遇见志趣相投之人，只此一人，一眼便懂了你的一生，何其有幸。艳妮喜欢唱蔡琴的《你的眼神》，唱给心中的他。能彼此欣赏、彼此倾慕、彼此关注，并渗入彼此心灵的最深处，这是多少年才能修来的缘分！

　　还记得那日相遇，好友请吃饭，艳妮早早赴宴。去了，好友没有到，艳妮看到一个特别帅气阳光的男士坐着。艳妮以为走错了，询问该男士：这雅间是某某订的吗？回答：是。艳妮坐下来，等好友并翻阅着手机。无意间瞟了瞟那男士，总感觉在哪里见过似的，好熟悉。那男士优雅地吸着烟，温文尔雅。

　　艳妮没等多久，好友进来说："抱歉啦，来迟了。"指着那男士对艳妮说：你们两个不认识吗？他是某某老总，是咱们老乡，叫阿祥。一听名字，艳妮一下想起来啦，初中时班里有个叫祥的，二十多年不见了，的确不敢相认了。艳妮打量一下同学祥，岁月没有在他身上留下印迹，看上去比自己小十来岁，玉树临风，文质彬彬的。饭局上，同学祥话语不多，但酒量可嘉。临走，互相留了联系方式。艳妮心里非常高兴，在异省有一个老乡加同学真是幸事。

后来，故乡的几位同学来塞外小城看望艳妮，艳妮将自己这几年在塞外小城认识的老乡及同学都邀请上，陪故乡来的同学。同学祥也来了。同学祥也很大方地邀请同学们参加他的饭局。之后，艳妮与同学祥往来多了，发现同学祥做人特别低调。临别，大家共建微信群，策划87届初中同学聚会。

同学聚会最后决定在艳妮和阿祥所在的塞外小城的周边活动，艳妮和同学祥联系多了，发现同学祥做事很有主见，特别果断。为了同学聚会踩点，他跑前跑后，特别辛苦。整个同学聚会活动，动用自己的人际关系把费用降低，吃、住、行都是最好的。艳妮知道，阿祥在公司也特别忙，为了办好这次聚会，他尽心尽力。最让艳妮难以忘记的是，这次聚会因逛景点，艳妮穿着高跟鞋，有点受不了。平时艳妮喜欢穿长裙、高跟鞋，还有其他穿高跟鞋的女同学也是一样。艳妮建议抽时间去附近的商店买双运动鞋穿上，让脚舒服些。阿祥悄悄走近艳妮，告诉她，他车上有女儿的一双运动鞋。艳妮一试，特别合适。艳妮好感动啊。因聚会，艳妮发现阿祥有着丰富的内涵，人特别有才气，他用心灵的温度，温暖着与他有交集的每一个人，更能用他的谦和、低调、亲和力感染着身边的每一个人。艳妮对阿祥说：忙碌的日子照顾好自己！将来，你的传记由我来写。

因同学聚会，二十多年的同学又开始走动起来。那年冬天，给同学行礼，因人多，夜晚驱车返小镇上住宿，又因路况不熟悉，艳妮开车拉着已经喝多的阿祥和其他同学误入乡村的草滩，绕了一个大圈圈又返回原来的小道上。因乡村小道路途中设有路障，道路很窄，艳妮不敢开，怕划了阿祥的新车，让车上另一位同学开过去。艳妮下车，冬天的乡野夜空特别美，满天的星星。艳妮一下激动起来，今夜星光灿烂……

那晚，同学张又招待艳妮、阿祥几个同学，炖鸡肉、喝酒、唱歌，到凌晨 5 点多才散。艳妮现在想起来，感到酒席间的阿祥说话诙谐、幽默、风趣。阿祥嚷着要喝酸奶，别的同学戏他，还没断奶。阿祥嚷着要吃鸡，还是母鸡。经常与他接触，总感到阿祥说话舒服，共事和谐。他不会斤斤计较，更不是自私自利的人，也从来没有大老总高高在上的姿态，而是让周围的人备感温暖。

由于同生活在他乡的一个小城，平时老乡来了、亲戚或同学来了，艳妮和阿祥互相来往的次数日渐频繁。有时艳妮请单位的领导吃饭，邀请阿祥为自己撑个场面，阿祥都会很圆满地为艳妮把饭局招待好。渐渐地，艳妮感到阿祥如一枚太阳，自己如同一株小草，渴望着阳光，即便只是见个面，也感到小小的喜悦、小小的幸福。一天晚上，艳妮梦见了阿祥，阿祥说，他要接走艳妮，艳妮心里犹豫不定。阿祥一直在车里等着艳妮。艳妮醒来后，听到楼外的秋雨声滴答，她的思绪飘浮。感恩那些过往，欣喜、快乐、惆怅、感伤，都在水墨秋韵中飘香。

时光在飞逝。冬天来临，雪后的第二天，艳妮抛开一切，去踏雪。脚踏在雪地上，犹如踩在琴键上，那是没有任何杂音的纯音乐。艳妮听到雪花欢快的尖叫声，才发现自己的脚步也能踩出音乐声来，只不过往常淹没在了汽车的鸣笛和人的喧嚣声里。而今，艳妮听到了自己心跳的声音，仰望碧空，天空蓝得宛如水洗过。低头，银雪扎眼，但心情愉快。忽然想起她和阿祥唱过的那首校园歌曲。唉！一转眼人已到中年了。

又一个春天来临。在一次饭局上，阿祥无意间说大夫让吃苦菜，因为苦菜可以预防一种富贵病。对于农村长大的艳妮，小时候，每年春天都挎着小柳筐子，带着小锄头，去野地挖苦菜。母亲把泥沙洗净，用热水焯一下，腌制，凉拌。现在生活在小城里的艳妮，多年没有见过苦菜了。无意之间，艳妮听说自己所在单位的附近有卖黄河鱼的，也有卖苦菜的。春天的野苦菜好，新鲜、嫩。艳妮急匆匆走到卖黄河鱼的店，才知道去迟了，卖完了。艳妮留了店长的电话，请求下次一定留给她，自己又跑到超市买保鲜盒。终于将苦菜焯好，晾凉。联系阿祥，可是阿祥出差了。苦菜没及时冻在冰柜里，烂掉一大半。艳妮赶紧联系店家，说自己还要苦菜。艳妮感觉到这个春天很美，有一阕清词的颜色。生活，终会因友情而温暖，日子，也因友情而幸福。阿祥也频频出现在艳妮的梦境中：城郊外，有庄稼地、荒草地、零星的房屋，蓄水的小池塘，长着半人高的芦苇。艳妮走呀走呀，经过一个明亮的漂亮的房子，艳妮无意间看到玻璃窗内的阿祥。但艳妮没有停下脚步。当艳妮走出十来米时，她听到阿祥的叫声，让艳妮到他家坐坐。艳妮说，不了。艳妮心里想，他什么时候在郊区也买了房子？其实好想跟他说说话。艳妮一直往前走，可是弯弯曲曲的蓄水的小池塘，怎么也走不出去。艳梅的鞋子磨破了，鞋底掉了，不禁急得哭起来。艳妮一下醒了。第二天，艳妮去了公园，躲在那株无人的丁香树下思绪飞扬！平时，艳妮喜欢听王菲的《传奇》，特别是那一段：

想你时　你在天边

想你时　你在眼前

想你时　你在脑海

想你时　你在心田

艳妮一边听音乐，一边品着茶，忽然想起上次同学聚会，被邀请的老师每人也有一套和自己一模一样的精美的茶具。记得当时商量给老师送什么礼品时，阿祥说，送老师一套精美的茶具吧，老师用的时候会想起我们的。每个周末，艳妮喜欢品茶、读书。阳光恰好照进来，温暖的热流不禁涌上心头。

（二）

近日，艳妮和阿祥又同参加一个饭局，艳妮帮助亲戚当临时服务员，后来才与大家共同坐在一桌上。虽然彼此装作不太关心，但艳妮一直关注着阿祥。得知阿祥有胃病还因情义又喝酒。有时在阿祥邀请的饭局上，阿祥从来不让手下的人称呼他董事长。每次饭局散后，夜深人静，艳妮辗转反侧难眠。唉！她会枕着他的名字入眠，把最亮的星写在天边。生于红尘俗世中的他们，活在人间烟火里，始终蹚不过人世间的喧嚣，挣脱不了世俗的枷锁。早上艳妮醒来，步行去新华书店买了书。艳妮总会在心情烦躁时去书店看看书或买本书。可是一整天，屋外，伴随轰隆隆雷声的秋雨，好急，好大！泛起的水泡泡滚动着，滚动着。屋内，艳妮沉迷在思绪的海里。不知过了多久，秋雨小了，夜也深了，艳妮仿佛一下子又被拽回现实生活，有点沮丧，不得不回到家。这会儿，阿祥正在做什么呢？在这冷秋的夜里。

又一个"双十一"前夕，下班后，艳妮乘坐8路公汽回家，路过王府井，顺便转进去看看。刚下车，艳妮看到阿祥也停车往王府井走。他们彼此打招呼。艳妮从一楼转到四楼，又从四楼转到一楼。无意之中遇到阿祥，艳妮的心里有一种说不出的滋味。一种痛，深深的痛。怕给他带来影响，艳妮连微信也不敢给他发一个，那种情意深深地种植在心里。艳妮总觉得阿祥在负一层，便不由自主地转下负一层。呵，艳妮又遇见了阿祥。

艳妮多么盼望见到阿详，或听听他的声音。艳妮的友爱那么纯，没有半点亵渎他们的情感。有时忍不住发个笑脸或一首歌、一段歌舞小视频等。昨天，故乡的同学到鄂尔多斯，中午她们同时被一位老乡请到雍贵酒店吃饭。艳妮又见到阿祥，艳妮看到他瘦了。听说他在吃药，艳妮的心微微作痛。

今日是小雪节气，鄂尔多斯没有下雪，早上，有一层薄薄的小霜。天气阴沉，让人感到沉闷。

（三）

有念想，是何等幸福！艳妮常常梦见阿祥，阿祥在艳妮心中永远是那么出类拔萃、富有吸引力的男子。那时疫情刚刚缓解，恰逢故乡来了一位同学，才有机会见到阿祥。有时艳妮会给阿祥发一条微信，但阿祥很少回应。但艳妮的气息穿过时空，拽着希望和回忆，绵绵不绝！

因疫情，歌厅关闭。有时在饭局上，艳妮和阿祥同唱一首歌，虽然唱得有点跑调，但他俩还是喜欢唱，或跳一曲舞。彼此互懂。

排解空想的最好方法是读书，自己不用移步，却能漫游天下，自己仿佛看到了那些地方，自己的思想早已融会到故事中去了，轻松地理解每个细节或紧随着情节的每个变化，与人物共呼吸、同命运，仿佛他们在搏动的是自己的心。在一本书里遇上自己曾经萌生过的某种模糊的想法，某个湮没在记忆深处的形象，仿佛把自己最纤弱的情感整个儿地展示在自己的眼前。

记得阿祥的办公室里有好多好书，艳妮从书架一端挨个搜看，看到另一端，都是一整套一整套的精装书籍，有经济、哲学、历史类的，也有文学类的。艳妮从书架上抽了一本书，坐下翻阅。阿祥抽着烟品着茶，静静地，这种未尝经历的甜美静谧的感觉突然降落到他们身上，仿佛有种深沉、隽永的，夹着芳馨的微风吹过，使他们陷于陶醉之中。

（四）

今天艳妮好开心，泡杯茶，锻炼会儿颈椎，下楼将披肩的半长发剪掉，买了自己最喜欢的"银时代"手链、耳坠、毛衣链。去书店翻看了两本书，买了本《查泰莱夫人的情人》。今天花的钱有点多，但是很高兴。喝茶时，她一分钟一分钟、一小时又一小时地计算着他们分隔开的时间。

记得再次相约回故乡给同学行礼，饭局上，一位男同学给阿祥和艳妮敬酒。艳妮不胜酒力，让阿祥替喝，阿祥说，咱们一家子，你怎么让我喝？这话被别的同学听到，罚阿祥喝三杯。已喝多了酒的阿祥，也被另一女同学劝喝。"你俩不同姓，只不过坐你的车。以后坐我的车吧，我也有车。"另一男生调侃道。众同学一起哄阿祥，阿祥不得不又端起了酒。艳妮没办法阻拦。阿祥没有外宿习惯，他们连夜赶回来。短暂相处后，又开始各自忙碌了。

又一个生日到来。艳妮收到了朋友为她准备的生日晚宴的信息以及祝福。她期盼着阿祥的祝福，又在失望中放弃了所有不明智的期盼，只憧憬和回忆着温情逸事。他们始终保留的那份情感就是纯洁的友情，而且，牢不可破，一直延续着。

寒露濯秋菊

　　一场寒冷的秋霜过后，一丛丛、一片片娇嫩的秋菊在瑟瑟秋风中傲立而出。这是一群不羁的灵魂呀，虽然狂躁的秋风撕扯着文弱的秋菊叶儿，但花瓣不失娇颜。被银白的寒露濯洗过的菊花，红的娇艳似火，黄的灿烂似金，白的秀雅似雪，粉的清秀而飘逸似云，墨的紫里透红妖艳似玛瑙。形状也非常迷人：龙须菊花瓣卷曲向上，自然奔放而富有浪漫色彩；百菊花瓣很大，向外延伸，宛如仙女欲飞；黄球菊开放时，朵朵花儿就像初出蛋壳毛茸茸的小鸡……这一束束菊花，傲霜怒放，千姿百态，美不可言。深绿的叶片上滚动着晶莹剔透的小露珠，娇美的秋阳下折射出光泽。那些水灵灵、嫩嘟嘟的菊花丝丝缕缕的清雅幽香直抵那被岁月侵蚀的、早已不能负载的、干枯的心域，忧郁的心绪一下灿烂起来，枯槁的心顿时鲜活起来。让我想起晋代大诗人陶渊明的"采菊东篱下，悠然见南山"那种闲适淡远的境界。他颂菊花为"霜下杰"，引菊花为知己。我也想起了白居易的《咏菊》："一夜新霜著瓦轻，芭蕉新折败荷倾。耐寒唯有东篱菊，金粟初开晓更清。"试想：忽然一夜霜满青砖碧瓦，芭蕉萎缩不展，荷败莲萎，红凋绿落，唯有"菊蕊独盈枝"，金灿灿、卓然地摇曳在秋风中，是何等惊喜！

　　菊花也是多愁善感的文人的寄托。宋杰出女文学家李清照怜花伤怀："满地黄花堆积，憔悴损，如今有谁堪摘？"后半生凄凉孤苦的她，触景生情，将自己悲凉、孤寂的愁绪融在让多少人为之感动落泪的词句里："莫道不消魂，帘卷西风，人比黄花瘦。"望眼欲穿的深切思念之情，诗人宜瘦。在借花喻志的诗句里，我最喜欢陈毅的："秋菊能傲霜，风霜恶重重。本性能耐寒，风霜其奈何？"

好一位"花中君子"呵！我浸润在绰约瑰丽、纯正淡雅的菊花幽香里，一种敬仰之情由心底而生。此时院子里的柳树金黄的柳叶纷飞，美人蕉叶片枯黑，大丽菊惨不忍睹，花叶黑枯，不忍再看。而这一丛丛、一束束秋菊却如这冬日的阳光，芳香、恬静，活力四射。在生命的时光里，秋菊以最美的姿态呈现给世人一份喜悦，给枯寂的生命一份绿色的慰藉，更因美丽，给人生一份启迪。

吸日月之精华，纳天地之灵气，源于她的美丽容颜和披霜傲然绽放的品性，溢香清远，那种气质、韵致从骨子里流淌而出。我爱牡丹花的雍容华贵，我爱玫瑰花的艳丽迷人，我爱兰花的淡雅飘逸，我爱水仙花的清雅娇秀，我爱荷花那种"清水出芙蓉，天然去雕饰"的自然之美，我爱向日葵的忠贞，我爱一剪寒梅"已是悬崖百丈冰，犹有花枝俏"傲立冰雪的英姿，更爱披霜傲然绽放的秋菊。

菊一样的女人，散发着成熟的幽香。菊象征着高洁的品格，使我想起才女毕淑敏。她在《寻觅优秀的女人》中说：优秀的女人首先应该善良。优秀的女人其次应该是智慧的。优秀的女人最后是美丽的。美丽是女人最初也是最终的魅力，中年时像麦穗一样端庄，老年时像河流的入海口，舒缓而磅礴。我听着秋日的天籁之音，抚着秋阳的金光，闻着淡雅的菊香，轻轻地打开心灵，借着智慧的光芒，深入思考毕老师写的每一个字、每一句话，让我的灵魂得到浸润。关于自身的完美，毕淑敏老师呼吁："让我们都来力争做一个优秀的女人吧！"而我想说的是：做菊一样的女人。少了年轻靓丽女子的妩媚张扬，多一份成熟的美韵，犹如秋菊般的气质。这种气质气压群芳，有一种沉稳成熟的美。言行举止大方得体，雅致风韵犹存。也有了含蓄动人的风韵，多了份矜持的风情，用智慧去诠释人生的含义。争做如菊的女人！人淡如菊！日子也淡了，持一颗素心，恬淡美丽，皎然无垢。

对秋菊这种情结，更多源于她只以秋风萧瑟，百花凋谢，"香气熏人欲破禅"的意境，令繁杂熙攘的世界一下子清澈明净起来，心境也宽厚淡远起来，让我对菊有了更多的了解：菊花在我国已有3000多年的历史，也是我国栽培历史最悠久的名花之一。最早的有关菊花的文字记载见于春秋时期《礼记》中的"脸篇"。"季秋之月，菊有黄花"。历代文人也多有咏菊名句，如元稹："不是花中偏爱菊，此花开后更无花。"僧齐已赞它"无艳无妖别有香""栽多不为待重阳""却是真心爱澹黄"。对菊花的挚爱，给人一种东篱一角的闲情雅致。东坡一句"菊残犹有傲霜枝"，既赞菊花的高洁，有着凌霜绽放、西风不凋的傲骨和傲霜之志，亦隐喻自己的情操。

到了北宋时期，刘蒙根据当时的各种菊花及其特色，撰写了我国第一部论菊专著《菊谱》。明、清两代菊花品种更多，赏菊之风更盛，菊花专著有30余部。经过多年的培育，菊花现已有3000多个品种。按花朵大小可分为大菊、中菊、小菊，按花瓣类型可分为单瓣、重瓣、匙瓣、管瓣、奇瓣等；最常见的有"绿菊""墨菊""玉菊""香菊""杭菊""晋菊""滁菊""楚菊""南菊""美菊""甜菊""大红菊""金丝菊"等。

据《神农本草经》载，常食菊花可以"利血气，轻身，耐劳，延年"，大诗人屈原的《离骚》也有"朝饮木兰之坠露兮，夕餐秋菊之落英"。古往今来骚人墨客咏菊赞菊，爱菊如狂，种菊、赏菊、画菊、咏菊，乃至饮菊花酒、餐秋菊。

是的，清香宜人的甘菊适合泡茶饮用，苏杭一带产的白菊更是上选。菊花茶香气浓郁，提神醒脑，而且有疏风清热、养肝明目、降压通脉的作用。早起时，用化妆棉蘸菊花茶汁轻敷眼周，更可消除黑眼圈。菊花还有保健美容的功效呢！

据说，喜欢"菊花火锅"的西太后慈禧，竟然命人在颐和园种植了三四千株菊花，常采鲜嫩花瓣食用。据《西京杂记》载：菊花舒时并采茎叶，杂黍米酿之，至来年九月九日始熟就饮焉，故谓之菊花酒。唐朝喝菊花酒已经是普遍的习俗。"待到重阳日，还来就菊花。"一边赏菊，一边细品慢饮芬芳的菊花酒，无疑是一件极有情趣的赏心乐事。吃菊花糕是重阳的习俗之一，"糕"与"高"同音，原是借吃菊花糕来补偿不能登高的心愿。糕甜软酥松，入口即化，齿颊生香，有清凉去火之功用……我就有一次将人生的感情融进茶里，清香一口一口品尝，思绪缕缕延伸。

记得有一天凌晨，"啾儿——啾儿——啾儿——啾儿——"一阵阵清脆悦耳婉转的鸣唱声，将我从梦境中唤醒。睁开惺忪的睡眼，微微的月光和着泥土的清香、花的芬芳，穿过洁白的小百合的窗纱，从窗的缝隙溢入屋内。小儿喃喃呓语，小腿无意识乱蹬几下，翻了一个身，又睡去了。爱人轻而均匀的呼吸声弥漫。屋内有一种朦胧、恬静、祥和的气息。我静静躺在床上，陶醉在充满诗意、令人心醉、美妙的世界里。爱人轻轻的咳嗽声打断那鸟儿的鸣唱。原来这个清婉啼啭的小精灵伏在我昨晚未关窗的窗棂上在鸣唱。因激动，心漫过一片片潮湿。我远离乡村，深居闹市的楼窗，在初夏小城的夜色里，能听到类似夜莺的鸣唱，我的心喜极而泣。我轻轻起床，为自己沏一杯"菊花"茶，坐在阳台小椅上，皎洁的月光透过落地的玻璃窗倾泻而入，如丝的柔，如絮的轻飘。迷蒙缥缈的月色中，热气如烟如雾婷婷袅袅上升，菊瓣千千，时起时伏，渐渐舒展，姿态万千。一朵，两朵颜色莹莹、润润鲜艳的黄，随意悬浮。轻轻地用莹白的搪瓷小勺舀一朵小菊，它便绽放在勺中，我跌落在菊的香魂里。是啊，干枯的菊花，只有在滚烫的开水中等来一次生机，蕴蓄希望，菊才会在一股股热流里绽露笑脸，释放芬芳，姿态妩媚，干枯的菊花便有了第二次生命的绚烂。薄而柔嫩的叶片轻舞，那是水的精灵。呷一口茶，缕缕清香四溢，沁人心脾，甘醇韵余。全身充溢着一种愉悦的欣慰。喝茶是一种幸福。一盏甘露，一些往事。我有点理解"研暖春风荡物华，初回午梦颇思茶。难寻北苑浮香雪，且就东篱撷嫩芽"了。

我曾看过齐白石的《菊花图》，画中勾点的数朵红、黄、白三色傲霜菊花，简洁明艳，娇嫩艳丽，清秀多姿，清逸遒丽，令人陶醉。我不明白为什么齐白石老人笔墨中会蕴含一股凛冽的仙气，但眼前品种繁多的开满城市每个角落的菊花为我解了惑：簇簇菊花，灿烂、芬芳满枝头，缕缕馨香让秋天在诗意中潺潺流淌……

寒露濯秋菊，菊花在寒露里传播的是生命的真谛。

北海三章

南珠魂

　　一股带着浓浓的海鲜味的热浪迎面扑来，那个我曾在地图上无数次凝视过的北部湾东海岸，濒临万顷碧波，具有亚热带风光的美丽的海滨城市——北海！今天我和我的先生刘志成以文学的形式步入，感受这令人神往的地方！

　　漫步在北海的街道上，到处是佩戴珍珠项链、珍珠耳环的娇俏动人、清新脱俗的北海女人。传说北海的女子就是美人鱼的后裔，娉婷秀雅，淑逸娴华，颇有海之精灵之韵，犹如南珠，圆润高贵，厚实而不剔透，越磨砺越光滑，越能发出温柔静美的光彩。自古就有"西珠（意大利产）不如东珠（日本产），东珠不如南珠"之说。一直伸颈观景的我不由对嗓音动听、充满亲和力与感染力的北海女人关注起来，那莹白透红、水嫩丰腴、饱满水灵，交谈中透露出温婉尔雅的美少妇，脖颈的珍珠项链一晃一闪，好一个珠圆玉润！

　　北海是中国古代"海上丝绸之路"的始发港，是中国西部地区沿海开放城市，是中国西部唯一具备空港、海港、高速公路和铁路的城市，是享誉海内外的旅游休闲度假胜地。我对北海充满憧憬。我和先生都是北方人，走在北海的老街上，三十多度的高温的确难熬，先生的背心前后都湿透了。但北海于我，让我想到来自蚌的饰物，它不同于一般饰物的特殊出身，与它相识，你的生命满是温馨。

那晚，有幸认识了李应坤，在外沙，她为我和先生接风。第一次吃北海的特产海鲜——沙虫，鲜美。窗外天水一线，渔船密集，樯桅如林，具有浓郁的海滨渔家风情。李应坤仪态超卓，尤其是她那摄魂的美丽而明亮的大眼睛。她是教师出身的儒商，因一次北海旅游，一下就爱上了这个有蓝天白云大海的地方。因偶然用了南珠粉，仿佛与珍珠灵魂相通，于是她研发出了以南珠为原料的不过敏的护肤品。我忽然明白，珠养人，人养珠，珠联璧合。那才是李应坤那个性情女子的价值所在。李总谈吐娴雅稳重，骨子里散发出来的高贵气质和文化涵养给人一种冷艳的美感，让我一下想到黑珍珠。黑珍珠的美在于它浑然天成的黑色基调上具有各种缤纷色彩，典雅高贵。很巧，李应坤的公司也叫黑珍珠。我们坚信，李应坤会将北海的南珠文化发扬光大，让南珠的光芒温暖每个爱美人的心房。

海之恋

一直梦想着看海。今夜，我带着千年的渴望，漫长岁月的期盼，漫步在柔软的、素有夏威夷之称的、万顷的天下第一休闲滩——广西北海"银滩"，倾听着海浪轻拍海堤奏出的永恒的天籁之声，眺望着星星点点渔火闪烁在无际的海面上，呼吸着海的腥香，让温润的海水轻吻着我的脚踝。思潮澎湃，舒伯特的琴键像星星在浪尖上跳动，我似安徒生童话中的那只白天鹅，踩着浪花翩翩起舞，让心与海、心与星空连成一片。

北海的金银滩，风柔浪软。北部湾的东海岸线像母亲的长长的手臂，踏浪的人们沉醉在清爽、安谧之中。海是温柔的、恬静的，海水摇曳出片片光波，让我沉浸在诗意的缠绵与温情的海风之中，让海风轻拂我的长长柔发，让时光逆转，任激情泛滥……

恋着海的腥香！

148

恋着海的不羁的灵魂！

是什么力量，让内心汹涌而来的潮汐与海浪相溶？是什么力量，让低在尘埃的心域更纯洁？灵魂之约呵！

有人说：原始海洋没有水，为了积蓄成大海，造化曾经用了整整十亿年。十亿年呵！大海呵，你是一部不朽的大自然经典之作！又有谁能在有限的一生阅尽你丰饶而博大的内涵？

多少年了，你为何澎湃在我孤寂而疲惫的梦里？多少次了，你为何跌宕在我蔚蓝的龙府、龙宫的遐想之中？假如生命的河流能够汇于大海，我愿化作一艘船漂泊在你宽阔的胸怀，聆听浪花的欢欣，解读海的风情，赞美海的瑰丽……而今，在你博大而宁静的灵魂面前，我，一切都释然了！

老街韵

走进广西北海，你不可以不去看老街。北部湾蓝色的写意孕育她的情怀；悠久的历史铸就她的内涵；淳朴的民风乡情承载她的古朴与厚重。

漫步老街，目光所及之处是二至三层的中西合璧骑楼式的建筑。骑楼的方形石柱粗壮厚重，拱券覆盖下的内部空间，给人立体感、层次感、纵深感，雄浑凝重，颇有古罗马建筑风格。墙面的窗顶多为拱券结构，拱券外沿及窗柱顶端都有雕饰线，工艺精湛。街面部的装饰和浮雕，仿佛是南北两组空中雕塑长廊，让世人惊叹！北海老街——珠海路这条有一百多年历史的老街，始建于 1883 年，长 1.44 公里。最初的名字叫作"升平街"，是为注释沿海岸平行排布、建筑典雅、居民悠然的格调吗？这个中国岭南直线最长、保存较完好的老街，最开始不过是渔民聚居之地，何以会勃勃崛起？是缘于清道光末、咸丰初商业的兴盛吗？是光绪二年（1876 年），《中英烟台条约》签订，北海成为对外通商口岸，老街遂趋繁盛，遂成中西文化交汇之所的吗？

我轻抬脚步，让浮躁的心沉静下来，细细打量着，恍惚间，我穿过时光的隧道，回到过去的岁月，我仿佛看到店铺里来自苏杭的绸缎，看到店铺里来自大海的鱿鱼、沙虫、虾米、鱼干等干海货，人声鼎沸，造就了老街盛极一时的繁华、美丽与屈辱。岁月凝固在这里，历史蜷藏在这里。

红尘已过百年之多，岁月侵蚀，老街的墙体已出现斑驳，北部湾的海风已抚平岁月的褶皱。老街，有一种无法收藏的沧桑，无以言说的古朴，有一种铅华洗净之后的沉寂之美。

如今，老街已是北海市烫金的封面。老街，是连接这个城市的过去和现在的一个符号。老街，被历史学家和建筑学家们誉为"近现代建筑年鉴"。我想起了英国建筑专家白瑞德先生的话："珠海路的历史文化价值，不但对北海有意义，而且对华南地区、全中国乃至全世界都有意义。"

我将双脚再次重重踩在厚重的青石板路上，仰望着每一座造型别致的骑楼。每座骑楼都能牵出一个生动的传说来。北海的魅力隐藏在老街里。

业绩，镂刻在拼搏的里程碑上

他堪称现代版的"一代天骄"，身残志不残，坚忍不拔，成为内蒙古自治区第一个奥运会金牌获得者，第一个奥运会纪录创造者。

他参加奥运会等国内外重大比赛，共获得 60 多枚奖牌，其中金牌 40 枚、银牌 12 枚、铜牌 10 枚。他在国际残疾人运动史上写下了精彩的一页。

他就是鄂尔多斯市体育局干部哈斯劳。哈斯劳凭借自己的顽强拼搏创造出了辉煌的业绩，为祖国、为民族赢得了很多荣誉，在国际体坛上争了光，受到了祖国和人民的赞扬。

哈斯劳是鄂尔多斯草原升起的一颗耀眼的明星。他在强手如林、竞争激烈的国际赛场上，毫不畏惧，叱咤风云，凭着为国争光、永攀高峰的决心和高超的竞技水平，奋勇拼搏，轰动了残运赛场。1992 年他被国家体委、中残联授予"道德风尚奖"运动员称号。1993 年在全国残疾人运动会上，获男子 F44 级标枪冠军。1994 年远南运动会获银牌，被国家体委、中残联和国家体委授予"优秀运动员"称号，被自治区团委授予"五四青年"奖章。1996 年，在第十届亚特兰大残奥会上获金牌，打破纪录。他被评为"全盟十佳职工标兵"，同时被新闻部门推荐为"1996年度十佳新闻人物"，并被伊盟行署记一等功一次。1997 被选为伊盟青联一届常委。1998 年被选为政协内蒙古八届委员。1999 年在泰国曼谷举行的远南运动会上，再次获得男子 F44 级标枪冠军。他被选为伊盟政协委员，也被评为全盟劳动模范，同年被选为中国残疾人体育协会特邀委员。2000年11月被自治区人民政府评为自治区劳动模范。2001年7月，在鄂尔多斯市纪念建党80周年活动中被评为优秀党员，被评为市直机关2000年度优秀党员。2001年7月在2000年度全市党的基层组织建设"一、十、百、千"创建活动中被评为优秀党员。2002年被市委、政府评为"九五"期间残疾人自强模范，同年被选为鄂尔多斯市政协一届委员。2003年被国家体委和中残联评为1998—2002年全国残疾人体育先进工作者。2005年被评为鄂尔多斯市"十杰青年"。同年被推选为鄂尔多斯市第一届青联副主席。2006年被自治区体委评为群众体育先进个人，同年被市教体局评为先进教育工作者。2007年被市政府和残联评为2006年度自强模范。同时被评为鄂尔多斯市十大杰出青年和自治区残疾人工作先进个人。2008年被奥组委选为北京奥运会火炬手，也被鄂尔多斯市评为残疾人自强模范。2012年被内蒙古自治区评为残疾人自强模范，也被鄂尔多斯市评为"天骄英才"。

　　骄人的成绩背后，肯定有一番艰辛。哈斯劳出生在内蒙古鄂尔多斯乌审草原上一个普通牧民家里。那时，从学校到家七公里。哈斯劳早晨怕迟到，跑步到校；下午放学怕天黑，跑步回家。这样整整跑了五年。牧区生活磨练了他，使他成为一名出色的长跑运动员。哈斯劳曾自豪地说："我是爱练中长跑的。记得五四青年节越野跑，我拿过第二、第三名的好成绩。继续下去，将来还有希望。"然而，命运捉弄了这位对未来充满抱负的青年人。1986年，哈斯劳患上严重的关节炎，做手术后，大夫告诉他："你这腿打不了弯。"这意味着哈斯劳从此无法正常行走，成了一个残疾人，成为长跑运动员的梦想就这样残酷而真实地破灭了。

　　失落、苦闷和彷徨随之而来，性格倔强的哈斯劳陷入沉思，自己今后的出路在何方？然而，命运之神为他开启了另一片天空。哈斯劳回忆说："1991年，鄂尔多斯市展开选拔赛，残联找我，那时我在乌审旗蒙一中上学，校长和班主任让我参加。那时，单杠、双杠、投掷这方面我还没怎么练。"虽然缺少比赛的技巧和经验,但是哈斯劳凭借出色的上肢力量,第一次就获得铅球和铁饼两项冠军。从此,哈斯劳开始了与以往不同的人生旅程。

1996年8月,第十届残运会在美国亚特兰大市拉开了战幕。哈斯劳此前多次获全国比赛冠军,他被认为是中国代表团男子F44级标枪最有希望在本届残奥会上斩获金牌的选手之一,在赛前被列入预计战的名单,然而这个被寄予厚望的名字突然被换到名单之外。原来标枪是一项需要调动全身肌肉群来协调完成的运动。在标枪出手之前,腿部蹬转助力和腰胯半轴旋转助力,都是决定标枪飞行距离的重要因素,不巧的是,哈斯劳从小就是左撇子,而在标枪出手前,需要蹬踏助力的左腿膝盖,恰恰因为残疾而无法自然弯曲,因而处于劣势。如今腰部肌肉拉伤,使他连腰胯旋转助力都无法正常完成,对一个标枪运动员来说,这两种情况遇到其一,已不啻于灾难性的打击。残奥会上,在国际比赛上顶尖选手如云。哈斯劳说:"这次参加奥运会,练得特别狠。一次练力量的时候,把腰部扭伤了。完了,一开始给我定的金牌的任务就完成不了。"

身处逆境的哈斯劳创造奇迹的可能微乎其微,然而意志力坚强的哈斯劳并没有被打垮。这位蒙古族小伙子在承受着精神和肉体的双重压力的情况下,忍着剧痛一边加强上肢力量的训练,一边思考缓解腰伤的对策。就在比赛的前一天,哈斯劳在健身房意外地看到一条腰带,当时,腰带四百元,对经济条件不好的哈斯劳来说,特别贵。他扎上后感觉特别舒服,于是咬牙买下腰带。这个腰带给哈斯劳的腰带来更大的支撑,但它能否让哈斯劳在赛场上创造奇迹呢?从小在牧区长大的哈斯劳凭借自己的顽强意志,克服常人难以想象的疼痛,咬牙苦练,终于练出了一身非凡的本领。他在比赛中,从标枪出手到标枪落地,只用了4.02秒。从此,哈斯劳的名字被载入了残奥会的史册。

在成绩面前不骄不躁,无论走到哪里,无论环境多么艰苦,他都能够克服困难，全身心地投入工作和训练。哈斯劳先后参加四届残奥会、四届远南运动会、五届全国运动会，都取得了优异成绩。在雅典运动会上，哈斯劳没有续写辉煌。他参加了铁饼和标枪两项比赛，只得了一枚铜牌。"没关系，夺金不是我的唯一目标。"哈斯劳在接受记者采访时说。由于年龄和伤病，自认为今后在赛场上搏杀的机会越来越少了，他要回家乡鄂尔多斯，做推广残疾人体育的工作。他觉得，为家乡争夺金牌是他的责任，推动家乡残疾人体育运动发展也是他的责任。

哈斯劳曾对记者说："我要找几个好苗子，成立一个残疾人田径队，我要组织残疾人加入健身的行列，我要找一块空地，建一个残疾人体育训练的场地。"在鄂尔多斯市残联和体育局的帮助下，哈斯劳从借用该市蒙古族中学的体育场，到拥有了一支十余名残疾人运动员的正规田径队。2005年，哈斯劳通过奔波和努力创建了内蒙古残疾人田径训练基地。哈斯劳满怀豪情地说："我曾经站在残奥会的冠军领奖台上，也要让自己的学生站在残奥会的冠军领奖台上。"至今，他培养出包括2008年北京残奥会冠军孟根吉米素在内的奥运会冠军1人，世界锦标赛冠军1人，远南运动会冠军1人。银牌5人，铜牌3人；国内外重大比赛中共获得36金、12银、8铜的好成绩。

2005年，哈斯劳打听到了在陶利苏木牧区亲戚家打工的小女孩，既懂事又能吃苦。哈斯劳说："看到她时我就想，这小孩可真能吃苦！"哈斯劳找到了小孟根吉米素的家，但家里人不同意。哈斯劳仍不灰心，反复劝说，并说孟根吉米素的吃、住、学习他全包了。终于说通家人，小孟根吉米素高兴地跟着哈斯劳离开了大草原。哈斯劳披星戴月，不畏严寒酷暑训练着。孟根吉米素练得非常刻苦，进步很快。经专业鉴定师鉴定，孟根吉米素有资格参加F40级比赛。2008年北京残奥会女子铁饼F40级决赛赛场上的孟根吉米素似猛虎出山，心理状态、身体状态出奇地好，6投仅投失1次，第三至第五投都在27米以上。许多人都记得那感人的一幕：2008 年 9 月 13 日，在奥林匹克体育中心举行的 2008 年北京残奥会女子铁饼 F40 级决赛中，孟根吉米素以 28.04 米的成绩夺冠，并打破世界纪录。孟根吉米素从领奖台下来，激动地对大家说："我取得的一切成绩都是哈教练用心血换来的。"2009 年参加英国残奥世界杯，孟根吉米素获得 1 金、1 银，参加日本青年残疾人运动会再获 2 金，并打破 1 项世界纪录。

哈斯劳的训练基地培养出了多名全国冠军。虽然哈斯劳的年纪和体力让他与冠军奖台渐行渐远，但残疾人体育运动中那蓬勃的生命力让他越来越坚定地投身于这项事业……

哈斯劳深知，成绩和荣誉只能代表过去。他工作努力，拼搏进取，在困难面前从不低头。他那在国际赛场上表现出的良好精神风貌和顽强拼搏的精神必将让全社会高度重视残疾人事业，对进一步推动残疾人体育事业的不断发展起到积极作用。我们相信，哈斯劳凭借顽强的毅力和不向命运屈服的决心，坚持不懈，勇往直前，一定会创造出更好的成绩，为祖国、为中华民族再创辉煌！

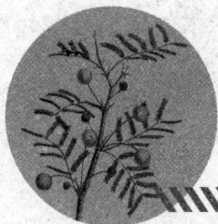

第七辑　阅读的快乐

《诗度华年》的温度与韵致

当我手捧刘建光（九曲黄河）先生这本散发着油墨清香的、厚重的诗集《诗度华年》时，有点迫不及待，想一口气读完。这部诗集作品取材诗人身边的物事，诗人始终抱着一颗赤子之心，用诗作诠释自己的初心、信仰与情怀，宣泄了超现实的情绪，表现出一种人格的清纯、意志的坚忍和思想的丰厚。

纵览诗坛，在当代诗人中，很多人生活于现实的空间，而刘建光先生则存在超现实或者游走于现实和超现实的交叉点上，主要体现于《诗度华年》的温度与诗韵。在这个时代，有时超现实比现实更真实，更有穿透力和张力，这就是艺术的可贵之处，也是刘建光先生的诗的独特价值所在。

生命乡土的温度

细细品读诗集中的每一首诗，如《疼痛》《母亲的一双手》《爱》《妈妈在乡下》等写给母亲的诗篇，均显现了母子深情。这份爱不仅是对母亲的养育之恩的感激，更多的是对母亲坚韧、隐忍品质的崇敬。写母亲自然也是写故土，诗人对母亲的爱融于对乡土深沉的爱。例如，诗篇《老屋》以一种浪漫叙事抒情歌吟的方式，唱出了一个本真而高远的诗意世界。诗里有浓厚的故土情怀和家园情结，有挥之不去的"乡愁"的冲动，随性而至，即事即景，但不滥觞于抒情，而再克制地叙写，把诗意引向某种超现实的境界。诗人也常常将故土作为牧养诗歌的营养地，这种基地辽阔壮美，成为一种格局与视野，从而催生独特，更能催生一种创作的自信感。如果没有经历过刻骨铭心，很难表现出关于乌托邦的虚幻想象。诗人带着轻轻的感伤和坚韧的希望，同时又充满生命的活力与质感地赞道："老屋／你在我的生命里／不是过客／而是一首根植血脉的不老情歌。""昔我往矣，杨柳依依。今我来思，雨雪霏霏。"这是《诗经·小雅·采薇》中的故乡之咏。而刘健光的诗篇《高家堡》也写出了故乡所召唤、赐予一个离乡游子发出的百感交集的叹息。"剪断脐带／一步一步离开家乡／八百里西口路／八个日日夜夜／奶奶挑着全家／妈妈挑着我／高家堡／从此烙在了记忆深处／黄河几字湾落成了新的家园。"从心灵暖意的诗句呈现中，尽显一个诗人的成熟。

深藏诗韵的心魂

刘建光先生是颇有实力、洞察力的诗人。作为一个"捕梦者"，营造了一个绝世、缤纷的"幻想"世界。在某种意义上说，梦境与幻想是刘建光先生诗歌的深渊与动力。例如，《风吹绿了梦想》中这样写道："雨水的梦在泥土里／翅膀的梦在蓝天里／江河的梦在大海里／我的梦／在一朵桃花里／在一首小诗里／在一条奔流不息的长河里……""草尖把梦摇在春风里／明月把梦寄托在相思里／母亲把梦开在／两亩玉米地和一头小肥猪里……"这首诗中，诗人敏感动情于生命、自然、爱和生活淳朴之美，以沉吟低唱或欢歌赞叹，让人回想起诗歌来到人间的最初理由。又如，《缪斯之恋》这首诗，诗人始终恪守着内心的诗歌信仰，保持着自己的艺术性和创造力。他的诗意象纯净、笔触细腻、思致深沉，既表现美好事物，也表现现实生存，既有神秘内倾的情感关注，也有直击本相的哲学领悟。《荒度》一诗中，这些外在的意象符号"夕阳""流水"与主

159

观的情感抒发相融合，人生才能真正充实完美。

刘建光始终保持对修辞的高度敏感，并用致密的意象与沉郁的主题抵达诗歌的本源。读他的诗每次都会在语言修辞中给人思想的撞击和提升。例如，诗篇《夜路》："在夜晚走路／我会把每一颗星星／都想象成灯／把每一处灯火／都想象成美好。"诗人从生活中掘发诗意，挥洒激情，透过生活表象进行精神探究，他说："一群人走路／走着走着就走出了道路／一个人走路／走着走着就成了坐标。"这充满哲思味道的诗句，是诗人咀嚼人世酸甜苦辣后，丰沛智慧的吐露。又如，《我是一个赶路人》："在季节之末／储存一抹绿色／在雪花来临之前／储存一点热量／我是一个赶路的人／我得备足水和干粮／我是一个怕冷的人／我得备足温暖和希望。"情感饱满的诗句，把人引向思致的深处，为读者展现出诗人另外一种丰饶的灵魂。诗篇《九峰山追梦》，诗中的画面、场景和细节，在艺术的神奇笔端里，一场梦往往具有幻化的色彩，牵连诗人的情感和想象。诗仙李白"把胸中的鸟气／吐成万千诗行"。大概在一首诗中更能照见诗人的内心处境，能引发某种心理情境，形诸笔墨，自然会带来某种新异的效果。

多样独特的诗美

拥有多重身份的刘建光先生，赋予他的诗歌以多样性。又因诗人有深厚的文学造诣，写起诗来更加游刃有余。他创作了一些题图诗，如《黑暗与光明》："诗情丰富画意，画景渲染诗境，两者相得益彰，获致一种精妙"。一些写怀乡、念友与游历的古体诗词，语言凝练，意境优美。诗人游走于新旧体式诗之间，得心应手，给我们呈现出色彩缤纷的唯美境界。《手机没电了》这首诗短短的三句话，去掉抒情，用简单、朴实、日常微观叙事和近乎"瘦削骨感"的语言直击生活的事实与本真。

孔子说，"不学诗，无以言。"当今有丰盛的物质，刘建光偏偏选择了诗歌这样的心灵栖息地，根本的原因，就在于他不愿放弃对一种有精神风度的生活的向往。没有诗歌，这个世界就会少很多真实的性情、优雅的气度。当乏力、贫血的文学遍地，我尤为看重诗歌中那种有重量、有来源，在大地上扎根和生长的经验与感受。确实，刘建光不仅要强化自己写作中的及物能力，还要使自己成为一个有情感温度的人，唯有如此，诗歌才有可能感动读者。他的诗里，总是藏着他对事物的挚爱之心，这就是诗歌的情感，或者说，这就是诗歌的体温。

浮沉岁月的印迹
——读郭文涟散文集《伊犁往事》

新疆，是一个让人心驰神往的地方：浩瀚的沙漠，壮美的雪山，秀丽的草原，碧绿的湖泊，神奇的雅丹地貌，震撼的胡杨林，梦幻旖旎的丝绸之路……每寸土地都让人魂牵梦绕。有句谚语："不到新疆不知中国之大，不到伊犁不知新疆之美。"

伊犁素有"塞北江南"的美誉。而新疆散文家郭文涟的《伊犁往事》正是一部反映伊犁风土人情的散文集，打开郭文涟的作品，仿佛推开了走进新疆伊犁的门，作家以纯正清洁的文风、深情细腻的笔触，从多角度记述了近年来新疆伊犁等地区的沧桑变化、风土民情、人生百态、秀美山川，令阅读者有一种心灵撼动，即使合上书，书里的伊犁令人魂牵梦萦。

郭文涟，山西翼城县人。20世纪50年代末出生于新疆克拉玛依。1977年高中毕业后下乡接受再教育，次年考入新疆伊犁师范学院中文系。毕业后先后从事过教育、行政监察、党史编撰、企业营销策划等工作。现供职于新疆伊犁州政协。1991年开始发表文学作品。他的作品多追求美的语言、美的意境，其内容主要是西部的山水人文风光和人世间的亲情友情。著有散文集《远逝的牧歌》《伊犁往事》《岁月里起落的歌声》，散文随笔集《生命的随想》。

可以说，在当代中国文坛上，郭文涟是继周涛、刘亮程之后又一位雄踞西部乃至中国文坛的实力作家。

许多作家都写过伊犁，而土生土长的郭文涟则以深入的、具有文学性的精致语言完整独到地摸准了伊犁文化源远流长的脉象，以细腻生动的笔触、精致的语言涵盖、俯瞰伊犁的气度，做了一次温情回眸。应该说，他的这种"温情回眸"更形象、更生动、更接地气地展示了边陲伊犁的千姿百态。当然，他征服读者不只靠这些，更多的是依仗独特的体验、灵魂的深入和人格力量，还有一腔热血。郭文涟散文的叙事有主观化与心灵化。从深层意义上说，散文最能真实反映作家的内心世界。散文的叙事不是纪实，而是表现作家的心灵世界对外在世界的真切感受，是作家个人的情怀抒发。

　　他在叙事中凸显作家的人格、情怀与见识，如《小巷风情录》："一排排高大笔直的白杨树，栽植在巷子两旁的房檐下，一直向巷子里面伸展开去。白杨树下是一条长长的宽约半米、深二十多厘米的渠沟。我极喜欢那水，常常在水的潮头跑着，决不让它浸湿鞋底，一边跑一边回头看，有时它被枯枝败叶挡住，便立定等它一会儿，它打几个回旋，慢慢地溢上来，冲破阻拦它的障碍物，一路跑得更欢。"这种心灵的体验自然引入的叙述，读来亲切感人，生动形象而传神。

　　又如《我的伊犁河》开头这样写道："在我儿时的记忆中，伊犁河是一条宽阔丰满温柔的河流。"后来写到第一次看伊犁河"气势磅礴"及约小伙伴徒步去伊犁河游泳，"我"掉头东去，彻底地离开了伊犁。"然而当我在外漂泊的时候，我日思夜想的依然是伊犁河。伊犁河以其神奇的力量，将在外漂泊整整两年的我拽回来。可是，当我再一次面对伊犁河时，伊犁河已面目全非，河北岸已不再是平坦的沙滩，河南岸也难见丰润广袤的草甸、沼泽和芦苇荡，河水也不再温柔而宽广……才知道原来伊犁河上游大片原始森林、河谷林被砍伐殆尽，植被裸露，泥沙俱下，雪线上升，水量减少；中下游数百里数百万沼泽芦苇已变成了故事传说，难见踪影。"这种心灵叙事，源自作家对这片河流的深切热爱，烘托了作家因为这种爱而对历史与现实的沉思，对生态环境恶化的忧患。这看似平淡，却有真的内容隐匿其中，物与我、虚与实、苦与乐，都自然纠缠在一起，有水到渠成、天然成趣之感，伊犁河让作家焕发出无比昂扬的激情。

又如《感受塔里木》："我真想待在那里一辈子都不走了。在那里可以看一轮红日怎样从起伏的云雾山岭上冉冉升起，又怎样在光照中天的时候经一阵柔和清凉之风的吹拂，渐渐地向西沉去，落在翠绿色的山的那一边；而后，在暮色深沉的夜色里，静静地倾听一川河水清澈而响亮的涛声……满眼是一片一片的绿，那嫩嫩的青草，那郁郁的树木，都青青翠翠地亮着。远处的山峦上，交错着淡淡的云烟，缭绕于苍苍翠翠的树林间，使其呈现出一山半壑的奇特景观。那一湾河水似鼓胀了一般，依旧富有激情富有活力地奔腾流淌着……"心灵的真切体验确立了郭文涟散文的叙事基调，并为叙事创造了抒情的氛围。这些景物写得多美！跳跃着一种喜悦，一种激荡，编织出情绪丰盈、瑰丽多姿的"印象与感想"，文中有神，动人心扉。

散文的质美情真，作品的丰腴新颖，引人入胜，往往出自博古通今、学识渊博这一手。读了开阔视野，增长知识。我以为，郭文涟的"山水篇"中的不少作品都具有这种抒情品质。例如《唐布拉的雨》《天山深处那棵苍老的松树》《诗情画意中的赛里木湖》等，它们以散于外、精于内的品行，将作家对人性的深刻咀嚼，对心灵的细腻到位，对情感的真切寻觅，凝结在美的抒情形式里。它同时充满着浓郁的诗意，富于色彩和情调，流溢出音乐般的节奏。而《远逝的牧歌》就是这样一篇典范之作，用思想的感受、心情的起伏作为线索，温情跌宕，波澜迭起，虚实相生，疾徐有致。自然之中，显出丰神绰约、引人入胜的艺术魅力，朴素中透出逸美，简约里闪烁锋芒，冲淡处寓有深味，于是结尾"那高大笔直的白杨树早已不见踪影，那一湾河水也浑浊不堪，那一片片青纱帐……"

渲染出悲怆、凄婉的忧患意识。

正如郭文涟的大学老师、新疆著名文学评论家吴孝成所说："文涟散文的感染力，除了来自'内心和感情因素的真挚'，在很大程度上也得力于充满诗性的语言。在他的散文中，常常运用诗的思维逻辑与情感结构，行文中跳跃着星星点点的感悟，闪现着鲜活的意象，使语言具有浓浓的诗意。文涟也喜欢写诗，尽管写得不多，但是他知道如何锤炼诗的语言。"

郭文涟对家园故土的真挚感受与挚爱，从颇多视角勾勒出轻松与沉重的往事，雄浑与清幽的风景，优雅与憨拙的风情。郭文涟更善于描写日常生活和身边琐事，表现在骨肉之情、亲友之爱，其情其文，真切自然，委婉动人。那些写人的散文，一般采取细节传意凝练的写法，抓住人物最本质特征，透视人物的灵魂，颇具力度。

例如，《父亲的心曲》中写父亲幼时失去母亲，少时失去父亲，十九岁跟着王震将军从太行山里走出来，参加了保卫延安、扶眉、兰州等战役，后来转战阿克苏、库尔勒，后来转业至克拉玛依，几十年如一日，兢兢业业工作。最感人的是那年7月，"我家在迁往异地时，恰遇大雨滂沱，他们兄弟几个蜷缩在解放卡车的篷布里，因雨水往里灌，父亲便蹲在篷布口，当到了目的地，父亲浑身上下湿漉漉的，嘴唇冻得紫紫的，但父亲仍微笑着和蔼地看着我们"。这是怎样的一幕啊！这是多么深沉的父爱啊！郭文涟说："我觉得散文越写，它和亲情之间的关系就越近，值得怀念的亲情也越多。"在人性与感情麻木的今天，很多人早已忘记感恩，而我们社会文明的进步是多么需要这种感恩的光照啊！

品读散文《新疆，新疆》，难道仅仅是因为故乡养育了他，他才对故乡的山山水水、一草一木，对故乡的父老乡亲、兄弟姐妹产生了深沉的眷恋之情？不是的，因为郭文涟在伊犁河畔长大，尤其对养育的伊犁河更是一往情深。孤身在外奔波，更加深了这种刻骨铭心的乡情。作家在北京结识维吾尔族小伙子，赠送馕，后来在浙江绍兴鲁迅纪念馆遇到一位新疆小妹等，生动传神的描写，传达出对故乡人的几多深情。

歌曲《小白杨》歌颂的是具有白杨精神的人们，是为祖国奉献青春的人民解放军战士，是在祖国大地上纵横决荡，用血书写新中国历史的那种精神和意志。而散文《〈小白杨〉的妈妈——富吉梅老人》着笔细腻，大方自然地描述出人性闪光点，从中也可见具有戍边爱国传统的锡伯族人民是多么可爱和多么令人崇敬。后来在郭文涟的微信中，我看到富吉梅老人原来低矮破旧的房子，变成了宽敞明亮的新房子，这都是在郭文涟的帮助下建成的。郭文涟说："我认为叙写亲情的散文可以倡导营造出这个社会的亲情氛围，可以让人感觉到这个社会还有一种温暖的阳光存在，可以让人深切感受到，我们每一个人肩上其实都有许多担子。"

这本书里，值得细细品读的亲情散文还有《二姐夫》《白大爷》《王德叔叔》《我的善良的妈妈》《拉手风琴的老人》等，这些文章同样拨动读者的心弦，文章中的每一位人物、每一段故事，哪怕是最微小的人性光辉，都会完整地呈现给读者。不仅如此，我们还能通过文字真切感受到作家那平和自然、心远意长的性情，并从那些生活琐事中感触时代的亲情脉搏及和美善良的心灵。

应该说，《伊犁往事》是一部反映伊犁风土人情的经典之作，读之，令人爱不释手。它感染人，陶冶人，使人在美的享受中获得教益和思想启迪。郭文涟的散文，思想性和艺术性俱佳。我们期待着他创作出更多、更美、更高水平的作品来。

高原青枫万里青

——读王万里诗集《高原青枫》有感

作为中国作家协会会员的王万里，不是一个可以简单归类和简单认知的诗人。从 2011 年起，他的诗歌接二连三地出现在《人民日报》《诗刊》等国家级报刊上。他的诗歌写作，在"西部诗歌"领域显示出独到而不可忽视的影响力。他成为一个具有经典性品质的诗人。

近年来，在当代诗歌发展进程中，无论是"先锋性写作"还是"常态性写作"，几乎处于停滞状态。而王万里这位耸立在中国黄土高原上的青枫，伟岸、挺拔、气宇轩昂。"枝条擂起风云的呐喊 / 荒山峻岭展开绿色情怀""根系把大山捆在一起 / 雄姿跨越千里世纪。"读他的诗，你可以感受到一种强大的生命冲击力。像黄河波涛，风起云涌；像纤纤小草，在风雨磨砺中始终蓬勃绚丽的春天。

读王万里这部诗集，能感受到一个强势的高原人在中国北高原上行走与思考。他的精神与青枫燃成璀璨一片。他对自己身经目击的一切都有诗意的沉思，有深情的表达。正如著名诗人李小雨所说："他的诗，既有黄土高原的苍凉浑厚，又有塞北草原长调的辽阔平静，更隐含着如大海波浪般起伏的娓娓深情。"中国是诗歌大国，虽然诗歌情怀在很多人心里依然存在，但读诗的人却越来越少，原因就是诗歌的情怀空洞，心灵缺席，缺乏最重要的精神命脉。王万里的诗，却保持着尖锐的发现，用语言解析生命，用灵魂感知灵魂。

王万里有着较高的生活与艺术的双重积累，他在内蒙古鄂尔多斯高原拼打生活几十年，从事过售货员等多种基层工作，担任过人民公社党委书记到县处级领导，打造民营企业团队，下海经商……多种实践磨练了人生，积淀了思想，铸就了他超乎常人的毅力与勤奋。他从2010年8月开始写诗。短短4年，竟有3部诗集——《松风万里》《高原青枫》《北方的时光》与读者见面，成为西部的高产诗人。他的诗歌将陕北的高原文化与内蒙古的草原文化和自己的情感融合在一起，以现代意识透视真正意义上的西部精神与西部美学。他的诚实与才情令人感佩。"残垣断壁的土窑洞／站着一个守卫家的破门／它为先辈们敞开心扉／年年岁岁目送千里远行／星移斗转遥望归来的游子／闭合回位抵御霜雪寒风"（《陕北故居》），诗人善于捕捉异乎寻常的事物，在"土窑洞的破门"中发现了深刻的内涵。他不是简单地描摹，而是沉浸在感情与心灵的洞察之中；他从不空洞地抒情，而是扎根那些细微的感受，给人一种深刻的力量。当诗人回到陕北故居，目睹了先辈们当年用过的石碾、石磨及推碾磨踩下的小路时，写道："一代一代的庄稼人／把高山碾成田园／把汗水磨成江河／至今／我的骨髓里有小米的醇香／血液里流淌着五谷杂粮／石头仍然生长我的力量。"（《山村记忆》）王万里以简明朴素的文笔写出了宽阔坚韧、吃苦耐劳、坚忍不拔的"我"。这些写故土的诗看似写物，背后却分明在写"自己"。他的诗在生活的现场有感而发，尤其是面对故土、故人时，他的诗性便清晰可见。

细细品读王万里的诗，会发现诗人有神来之笔，具有一种把常人觉得抽象的事物变得具体、生动起来的能力。比如："马蹄播起激越的鼓点／深深浅浅踩响观众的心弦。"又如，他写草原上的蒙古包："绿草地上扣着数不清的银碗／不需要用钥匙打开门窗／东南西北景色一样／雪白的花朵／村庄连着村庄／玛尼宏的彩旗猎猎飘扬。"这是多么美妙的草原景致啊！这样的语言无不饱含鲜活、别致、洁净，具有扣击心弦的力度。类似这样神奇的表述在他的诗集里可谓俯拾皆是。例如，《放飞梦想》（献给第二届国际那达慕大会的赞歌）："火热的情感跳跃在马背 / 雄壮蹄声飞起草原狂欢 / 矫健的翅膀向世界腾飞 / 鲜花举起最美的笑脸。"不仅写出了马背民族的雄健，而且用诗化的语言表达了中国经济腾飞。他的诗不是外在描摹，而是内在的情感与心灵的洞察。有鲜明的时代感和精神启示性，其语言表达得透彻确切，颇有动人的魅力。还有《低一点再低一点》《文字里的月光》《春日时光》等作品都独具诗才。他将思维和想象，变成意象纷呈的文字、至深的生命体验与强烈的心理感悟，顿悟浸透了感性和理性，经他心灵的熔炼，引入了对生命的哲学追问，有一种心智放达与高远的体现，在时下诗坛并不多见。

诗人诗歌叙述的节制和节奏避免了散文的烦冗与拖沓，笔法简洁，境界空灵，尤其是对祖籍陕北的叙事与那些形而上学思辨、思考的文风对比，形成了特有的风格。"浑厚的心灵 / 挂着铅的沉重"（《荒野上一个老人》），诗人以一位离乡背井独返荒野的老人的独特景致呈现出一份生命的沉重，境界舒放，格高思远，精准传神地写出了人间真情。同时，诗人对当今弱势群体的生存表现出极大的忧虑与担当。例如《撕碎诉状的人》："望一眼祖辈留下废墟的土房 / 小车上坐着摇旗呐喊的开发商 / 回头看一眼阴森森的楼群 / 撕碎诉状扔进浑浊的护城河。"这首诗，写出当今社会一个真实现状，也显出无法挽留祖辈遗产的无奈伤感。还有《农贸市场》中的"店铺""菜贩""肉摊""水果"等都渗透着人文关怀与批判精神，沉淀着底层族群的苦难和欢乐，折射着追求真善美、摒弃假恶丑的执着信念和高尚情怀。

文品即是人品，现实生活中的王万里是一个普通企业的董事长，他积极参与社会生活，与各方面的朋友保持着坦诚与真挚的感情。他低调勤勉的人品与豁达大度、虚怀若谷的胸怀，备受人们尊重。他创办的万兴隆大酒店，对于鄂尔多斯作协文联的活动，皆免费提供场所，免费提供一切服务。他的酒店，可以说是一个文学沙龙的聚集地。不仅如此，他还资助有困难的员工、过去的下属和社会朋友。高尚的人格决定了他诗歌的品质，这是王万里诗歌感动人鼓舞人最基本的源泉。

总之，王万里的诗歌从浓浓的深情中透出坚韧的力量。他曾在《高原青枫》的后记中说："从过往的生活中提炼出饱含深情的思想，用诗歌表达我最真实的灵魂之声。"这就是王万里：西部的，超越西部；时代的，超越时代。

水乡的吟者
——读韩树俊散文集《一条河的思念》

　　自古江南多才俊，中国恐怕再也没有哪个地方会像江苏这样更热衷和崇尚文学了。从古代的李煜、范仲淹、范成大、沈括、秦观、顾炎武、冯梦龙、曹雪芹、郑板桥、吴承恩，到近代的叶圣陶、柳亚子、刘半农、钱锺书、朱自清，无论提起哪一位，都是文学大咖，让人心生敬仰。现在，江苏文学河流里的韩树俊，又进入了我的视野。

　　韩树俊，江苏省作家协会会员、中国西部散文学会常务理事，主要作品有散文、诗歌、报告文学、评论等。他的散文作品极富江南散文情感细腻、词章婉丽的艺术特质，给读者带来深切的感悟。

　　《一条河的思念》是作者近年创作的散文集，精选散文40余篇。全书共6辑，内容分别为人物追忆、文化景观、城南旧事、游踪处处、老店物语、品鉴评论。姑苏韵味、接地气、写实事、抒真情是这部散文集的特色。

　　最初读韩树俊的散文，是刊于《西部散文选刊》的《格桑花开》《情满布依必克村》《哑哥和他的诗人兄弟》《香车河抒怀》等篇章，语言优雅蕴藉，有"美文"的特质。他是一个能够独特地发现并挖掘生活的作家，他的作品里有看不见的根，有一种潜在的民族精神，这根深深地扎在生他养他的江南大地上。一条从江南大地上生长出来的河流，在他的情感世界里足以咀嚼一生。《一条河的思念》是一篇气势恢宏又情感细腻、有生活深度和精神亮点的艺术散文，这篇作品有他人生和文学的血脉，包含着作者对故土深深的依恋之情："一条河，水乡人生存之源；一条河，水乡的命脉。"这既是一条普通的河，也是一条不同寻常的河。韩树俊充满人文关怀的作品里，有对时代、历史、命运的深沉思考，如清风流水一般，体现在其创作向美、向上、向善的艺术自觉之中。

韩树俊是一位对江南大地充满感情、对大地母亲充满热爱的作家。法国作家罗曼·罗兰曾这样讲述："艺术的伟大意义，基本上在于能显示人的真正感情、内心生活的奥秘和热情的世界。"雕塑家罗丹说："艺术就是感情。"读韩树俊的散文，我们常常为他作品中的情感所打动。韩树俊先生有丰富的人生阅历、深邃的哲思、深厚的文学底蕴，他擅长对意象的捕捉，作品有独特的江南色彩和浓烈的地域风情。他深爱大自然，深爱生他养他的江南，深爱江南大地上的芸芸众生，深爱人类至高的文明和艺术成就。正是因为有这种爱，他的作品中浮动着一种强悍的人文精神，表达了他对人生、生命、人性、社会和自然的深刻追寻和探索。

《高墩弄旧事》中写道："苏州是个文化底蕴深厚的历史名城，随便走在哪一条街巷都能踩出一大箩筐故事。""一条小弄堂，一个小社会。"《高墩弄旧事》是这部书中很有重量、值得考量的一篇作品。作者从高墩弄的自然形成，到吴地风采及历史内涵，通篇透彻、澄明，有伤痕韵味，有些章节尤显声色，是"故土苏州风韵的人文描摹"。

《园林里的古桥》一文中，作者只写两座桥"引静桥"和"放眼桥"，用色彩鲜明、意象准确和形象的比喻，生动诗意的语言，描绘了独特园林里古桥的小巧、精致。他的思想和情感在作品中所闪耀出来的诗意光芒常常让我们感动不已。韩树俊以拟人修辞手法，展现了江南人的睿智、淳朴、豪放、厚重的品格。这篇诗散文，事实上已经是一首抒情的诗、一幅风景画、一曲春天的赞歌。又如《天堂圣竹》，让读者深刻体悟竹对人类的贡献。生命与自然、人与自然有着水乳交融的关系。作家呼唤人性"回归自然"，作品表现了人与自然的和谐相处，人对自然的敬畏和崇拜。又如《我的美术老师》，从描写美术课堂教学细节入手，引出"我"的美术老师，是"我"的美术老师自身的艺术修养的感染、熏陶，让"我"受益终生，也感恩终生。韩树俊先生倾情讴歌了他的故乡，以及故乡大好春光里纯朴的家人和亲友们，其作品饱含着对故乡深深的爱与激情，质朴而又精细。

法国作家福楼拜说："非凡的激情才能产生非凡的作品。"正因为韩树俊先生对那片土地有如此的深情和大爱，所以他不断探索的艺术形式也就有了浓厚的诗意。《石剑·青铜鹰头·铁牛》《树化石·风陵石·沙漠玫瑰》《亿昌博物馆陶窑展示厅礼赞》等作品，有简洁与精确的美、浓丽与雕琢的美。从审美趣味和艺术个性来看，韩树俊先生的作品词章华美，抒写淋漓尽致，他的才、学、识、趣在文章中融合为一种生命艺术，跳跃在散文星空绚丽的风景之中。

可以说，艺术形式的创新性、在人文内涵上的丰富性和沉郁典雅的艺术个性，构成了韩树俊诗散文的基调。韩树俊的诗散文，是散文领域中一种新的开拓和创造。

为诗意人生而沉醉

——读刘建光诗集《小诗度日》有感

纵观中国 20 世纪文学历程，中国新诗重新呈现出一派晴朗的天空。刘建光先生（笔名九曲黄河）的《小诗度日》就是这片天空中的一缕鲜艳的云霞。近日，有幸拜读刘建光先生的诗集《小诗度日》。本诗集收入110 首诗，第一辑《黎明在奔跑》，第二辑《与你同行》，第三辑《家乡的泥土》。读完诗集，我掩卷陷入了深思：是什么让诗人在庸俗的生活中敏锐地感受和捕捉，让美和诗意乃至真理耸立起来？又是什么让诗人诗意梳理生活，让生命从尘世中超拔出来，进入一尘不染的境界？我一边品读着《小诗度日》，一边被诗人对自然、社会、人生的独特的审美和深切的灵魂体悟深深感动着，同时也被诗人"江山无限好，小诗可度日"的生命超然与心灵净化相融于自然界的博大的生命情怀震撼着。品读《小诗度日》，如点亮心灯，让粗鄙的心灵在小诗中荡涤、净化、沉醉。

一、刘建光的诗作，蕴含着饱满的、积极向上的情感。

《只要一生都在燃烧》这首诗将客观的物象"阴云""风""海浪""阳光""雨露"与主观的情感抒发紧密结合起来，只要拥有积极向上的态度、积极进取的精神，"只要一生都在燃烧"，人生就能够真正充实和完美起来，朴实的诗风蕴含深刻的人生哲理。类似这样优美的励志诗还有《无悔的人生》《搏击风雨》《用你的坚韧做成船》《吟唱心底的呼唤》等，从这些诗中可看到感性与理性、激荡与沉思、磅礴与细微、清亮与深沉交织的景象，它所表达的饱满的、积极向上的情感呈现出一种广度和力度。这种诗意的追求不但是一个诗人人生信念的实践，同时也是每个向往幸福的人提升人生境界和精神内涵的重要因素。

二、刘建光的诗作，表现在艺术构思上的独特魅力。

诗歌的构思是指诗人在进行诗歌创作时的思维活动，是诗人捕捉灵感、选取、提炼、酝酿、确定思想主题的过程，其目的在于探索最富于诗意的意象表现形式。《犁》这首诗，通过意象的组合来表达诗人的情感，而所谓的意象就是精神意义与物质形式的组合，诗人通过"犁"这件实物来表达精神层面的东西，因此我们通过诗人描述的物体，理解诗人心中别具一格的思考和炽热的情感。直抒胸臆却意境深远，可见诗人独特构思的魅力。读他的诗，画面感强，意象纷呈，有一派朴素生辉的情韵，如此撞击人心，无不让人心生敬意。"光明总连着黑暗／所以我并不惊奇这夜的漫长／群星隐没了／我看到山的那边／有黎明在奔跑。"（《黎明在奔跑》）没有想象的艺术思维，就没有诗歌的生命力。

诗与画的重唱，是一种饱含敬意的诗意阐释与献歌，美学趣味与艺术精神的独树一帜，使整个画面色彩是柔和的、新的，感受到了大自然的博大与厚重，造物的恩赐和神秘！是的，"家乡的土地／从不偏袒任何一个人／只要肯下点辛苦／就会回报你一轮红火的光景。"（《家乡的土地》）富于哲理意味的小诗，淡雅中见深沉，诗歌的意象选择处理得极为精致。类似的还有诗《根》《走出故乡的泥土》《麦子》等。《雪》这首诗写对雪的渴盼，见雪的惊喜及雪消融是春的希望所寄。"有一双眼睛／安装了一个奇异的镜头／在心灵的底片上／唯有你才能留下永恒的显影。"（《有一双眼睛》）这首诗主要集中在眼睛的意象上，眼睛是心灵的窗户，象征一个神圣的境界。"攥紧一把故乡的泥土／然后松开／看看这古老情感的黏性／闻闻这古老情感绵长的芬芳／思念便源远流长。"（《家乡的泥土》）对家乡泥土的深情热爱，跃然于纸上，内涵丰富深邃。

三、刘建光的诗作，表现在传统的继承和艺术的探索上。

有人说："诗品即人品。"在喧嚣世俗的生活中如何坚守心灵的家园？"与你结缘 / 没有太多的期盼 / 唯愿小诗 / 镀亮长长的日子。"（《缪斯之恋》）由此看出诗人生命的价值与理想的追求。诗人对生存大地的关怀悲悯，对父母亲、家乡人的爱，涉及一个人活着的尺度和一个人的坐标，诗人与生活擦出的火花——触景生情，刘建光先生用纯粹的语言把一切所及之物升华为美。诗人善于观察人世百态，捕捉到平常生活现象，以独特的意象巧妙组合，展现了城市影像，如《自行车修理工》《掌鞋人》《我的警察表弟》等，诗人只有热爱生活，关心卑微的生命，才能写出这样优美的诗。同样，诗人深情的抒写与诗意，阐释父母的浓浓亲情之诗，如《父亲》《父亲的旱烟袋》《怀念父亲》《献给母亲》《春天里的母亲》《母亲》《致母亲》等，唯有对生活和人生的热爱才能有超常人的沉厚，这也是诗人灵魂在无私博大的爱中的凸显与绽放。《黎明又把我们连在一起》意境好美，暗喻人生，但愿"黎明也将我们连在一起"，读之，使干枯的心域荡起涟漪……"故乡，儿时歌唱和逐梦的地方 / 故乡，有母亲翘首企盼的目光。"写出乡土诗歌的"新意"，更能打动读者。

周彦文先生将《小诗度日》里的诗规划为小诗派，我认为，刘建光先生的诗作远远突破了那种小诗派的视野狭窄、内容贫乏、形式单调，而是在诗境的哲思中谛视风景。朴素自然的语言，富于质感的意象，丰盈了细节。绵密的意象呈现，情感与理性的平衡形成别具一格的诗歌气质。反复品读《小诗度日》诗集，能让一颗浮躁的心增添一股沉静的清泉。

乡村的守望与行吟
——读《曹文清散文特辑》有感

当今众多散文家纷纷标新立异，集中写"新散文""新潮散文""大散文""文化散文"时，曹文清的散文创作，却始终弥漫着浓郁的乡土气息。他的散文对地域文化所具有的深层寓意，探寻凝沉的感悟，有着对灵感涌动的生命思考，张扬着西部不屈的血性和精神风格，是内蒙古当代散文不可多得的收获，宛如鹰击长空，亮出一道崭新的风景线。

第一次知道曹文清先生是在一次颁奖典礼上，他因公务忙，颁奖仪式一结束，便匆匆离开；第二次是西部散文杂志社的挂牌活动。他是应邀出席嘉宾，也因公务繁忙匆匆离开。真正了解曹文清先生是从他的文字开始。《文苑·西部散文》2014 年 7 期刊发了《曹文清散文特辑》，我有幸拜读。我被这位儒雅、博学、才华横溢的先生的文字深深吸引了。

曹先生来自农村，虽然已经在城市生活多年，但对乡村仍是魂牵梦绕。他用清新而略带感伤的笔触，抒写乡村过年的情景。"千里不同风，百里不同俗"，写乡下的年事里，既有浓浓的年味，又有滋味绵密的"文化"。他执着地注目乡村，深情地关注乡村，从"杀年猪""年茶饭"到"置办年货""年夜饭""守岁""跳火塔"，割不断的乡根，诉不完的年事，挥不去的乡思。他说，如今的年事虽还是年事，但已大不是先前的年事了。年年有年，年过至今，没有了享受和期盼，除了满大街的红、让人烦的大礼包，有好些东西脱掉了传统的背景和气氛，一切变得肤浅干涩，缺乏年事固有的色彩和韵味，总觉年事年味已显得那么无趣寡淡。

他写《年事》就是要告诉每个人，家是你的出发地，要常思何处是归程，要常回家看看；就是要把小时候内心最大愿望"饱餐一顿"这种精神渴望和美好理想，变成最丰富、最厚重、最浓烈的情意；就是要把孝爱转化为给父母盛一碗热饭、奉上一杯香茶，安抚父母逐渐老去而寂寞的心；就是要从今日过节扔弃满盘满碟的饭菜中体会苦难的味道，使人们在享受苦难的同时，更知道心疼和节俭。

细细品读，我们能从年事中找回失去的那种朴素的生活味道。《年事》里充盈着对乡村过年的怀念，写得情真意切、朴实自然，浑然天成，十分感人。尤其是"我猛然间意识到我已有20多年没回老家过年了，昔日的年事在我眼前闪烁飘动，在长满故事的老宅幻化成父亲与我苦难生活的剪影，我过多地体会到的是父亲与我融融的亲情、浓浓的厚爱、深深的依恋……带着对亲人的思念和眷恋，写下父亲与我在年事中的点点滴滴，我从心里一遍遍默念哀悼这个一生中最疼爱我的人。回望年事，我坚守传统文化留下的美德"。"我"对父亲的礼赞和感恩，感人肺腑，催人泪下。

从立意上看，曹文清先生的散文主要表现在怀旧情感上。常言道，忆苦思甜。我小时候曾吃过"棉蓬"这救命的野草。读了曹先生的《又是棉蓬红了时》心中涌起了一股股温情，多么震撼的文字啊！他坦率而动情地诉说着自己的故事，尽情抒发，他描摹的"棉蓬"竟红彤彤一片，灼灼流光，气势夺人。只有作家对乡村生活有细致观察和深刻体验，才能写出这样优美的散文。"秋季，棉蓬熟了，枝叶变红，放眼望去，红彤彤一片，被棉蓬染红了的沙野真是一道壮美的风景，尤其是太阳西沉，将要降到地平线下，金黄的太阳、赤红的晚霞与棉蓬的红色交相辉映，整个沙野泛出迷人的光晕，构成了一幅别样的油画。这是棉蓬一生中最丰饶的一刻，是生命的极致美，美得让人心醉。"读之，就好像我也置身红色的棉蓬中似的，我为这充满诗的色彩、诗的意境沉醉了。而"那时，人们的生活普遍困苦，物资极度匮乏，几乎能吃的野菜、树叶都尽数纳入饥肠。就在人们无比绝望的时候，有一种野草——棉蓬映入了人们的眼帘。它是大自然馈赠给人们的最不起眼而又颇受欢迎的果腹野粮。当大地红起来的时候，人们争先恐后地去搂棉蓬"，又随着曹先生对农村的生命充满同情与忧虑，而忧虑起来，也读出乡村人在困难时的生存状态与性格。"棉蓬用它造物主的宽爱与力量书写了一部民族的苦难史，也把守望与美好恩泽给了人们"，这种感受绝对不会只有作家才会产生，那些长久生存的毛乌素沙漠里的陕北人，感受会更深。

散文《守望老屋》除了写出怀旧情感，还写出了忧患意识。曹文清这样写道："家乡地下水位下降得厉害，除了干旱的原因，更多的是因为干旱后，家乡人为了生存，不得不打井修地，发展饲料田。井越打越多，水位越来越低，许多树木都枯死了。是啊！他们有什么办法呢？十年九旱的地缘条件造就了他们的苦难，他们忍辱负重从来无言，从不来甘堕落，'日出而作日落而息'，在艰难困境中繁衍生息了一代又一代……年轻人大多出去了，种地的多是妇女老人，村里寂静了许多。我心里过多的是自责，我还能为他们做点什么呢？"这值得我们每个人深思。

后来听说旗政府给乡村村民提供四项配套补贴政策（提供一套住房、找到一份工作、落实一份社保、发放一份补贴），要把他们移到旗里居住，现在的房子要拆掉以换城里的住房。听到这些，"我"既高兴又难过。高兴的是家乡人终于有了生活的奔头，伴随着改革开放的大潮，父辈们可以进城享受新生活。难过的是"我"的老屋也将被拆掉。"我"深深眷恋、深深思念的老屋哟！"父亲守望老屋，是守望我长大和长大后的明天，而我守望老屋就是守望父亲那种用信念和毅力战胜、超越一切苦痛的情愫，守望我的根和脉。老屋是一部凝固的音乐，旋律就是忘不了的乡音，改不了的饮食习惯，割不断的乡情，变不了的那个真实的我。老屋就是那颗'愿君多采撷，此物最相思'的红豆，在记忆里疯长。眷恋中我会把它永远珍藏，永远守望！"从本质上，他的散文有一种乡村绿色生态环境的完美保护、人与自然和谐发展的思想。他的散文流露出忧虑，这也是他的散文中蕴含着的民生底蕴和审美价值所在。

从艺术上看，曹文清的散文朴实、清新、自然。《陶醉》中，曹文清通过对生活的细致观察、深刻体验，用拟人的手法，象征艺术形式的渲染，产生了动人心弦的抒情力量。例如，将桃花比作一位亭亭玉立的少妇，当往日的风韵不再，从丰满变得单薄，从靓丽变得黯然。"香魂一缕随风散……""千百年来人们一直在寻找为之'桃醉'的'桃花源'，'桃花源'究竟在哪里？""我"以为开心微笑是最好的解释。开心微笑地面对每一个人和每一天，努力地付出，像桃花那样，将灿烂和爱付诸人间，化解的是更多的冷漠，带来的是更多的温暖。我们不妨打开自己的心扉，接纳一切美好的东西，并"桃醉"其中。这样，人人皆开心，处处是桃源。很好地把握了"才学""识趣"的笔墨渲染，读之有一种缱绻于怀的陶醉。"生，千年不死的绿意。死，千年不倒的精神。倒，千年不朽的骨骼。"

《胡杨》让我们以胡杨千年之梦想、希望、精神实现生命的蜕变，做人做官，更应该生如胡杨千年不死，死如胡杨千年不倒，倒如胡杨千年不朽！胡杨予人激励，发人深思，给人遐想，余味无穷。《绿洲白杨》："一排排、一行行、整齐有序，远处看，刚劲挺拔，神采奕奕，像守卫边疆的战士；近处看，枝条健硕，生机勃勃，又像高耸入云的巨人。这就是新疆白杨，让我一次次地睁大疲惫的眼睛，又让我一次次兴奋激动不已，并为之忘情审视。我拿什么表达对绿洲白杨的一份敬意与礼赞呢？还是做一棵白杨树吧，以今日轰轰烈烈的'死'，迎接明天壮丽辉煌的'生'。树是这样，人亦如此！"可以看出，他吸取与继承了朱自清与杨朔散文的构思、立意与技法。

眼下拜金主义的浪潮中，有些人不能自拔地陷入追逐物质的泥淖中，

180

轻蔑精神，灵魂委顿，而今又读到曹文清先生这辑散文中《向善良致敬》《回望昨天》《感悟》等篇什，让我精神振奋，胸襟明净。这些积极向上的励志文章也写得特别优美，颇具情趣和意蕴，内涵有了突破和创新。他提出了生活态度和生命向度的追求。我们期待他创作出更多、更美、更高水平的作品来。

母爱的光辉
——读张瑜的诗集《月光来时》有感

  纵观新时期以来的女性写作，母性一直未在诗歌写作中成为话语热点，更未成为母题。就是在多元化写作的当下，阐发母性重要的诗歌文本也不多见。但张瑜这部散发着母性光辉的诗歌集《月光来时》，从更为开阔的视野上丰富了女性的诗歌写作。

  《月光来时》第一辑为《月光来时》，第二辑为《我的领地我的海》，第三辑为《长歌天涯》，第四辑为《面北而居的日子》，第五辑为《伸向时间里的莲蕊》，第六辑为《云上的屋亭》等。细细读之，被一种深沉且浓烈的爱深深吸引，那些精心的构思和立意，纵使一个小小的意象，也给人以全新的视角和心理感受。

  月亮，在中国古代文学作品中是一个使用率非常高的意象。例如，北宋苏轼《水调歌头》中的"但愿人长久，千里共婵娟"；北宋文学家欧阳修《生查子》中有着缠绵甜蜜的"月上柳梢头，人约黄昏后"；唐朝诗人杜甫《月夜忆舍弟》中的"露从今夜白，月是故乡明"，等等。因此，月亮也就成了诗人们表达情爱、遥寄相思的理想选择。

  月亮的基本象征意义是母性和女性，诗集中的《月光来时，我叫出了她的名字》中诗人这样写道："给我生命的她在我目达之处／瘾灭""半夜／灯一关／和着泪／自己就站在墨色冰海中／无船／无橹可摇／梦四片／掉落一展空庭／也凑不起一个熟悉的身影／月光来时，我叫出了她的名字。"立意高远，诗语深邃、干练，有张力。这诗让你身临其境，体味着失去母爱的孤独疼痛之感。诗歌之所以高贵，恰恰在于"诗意"，而诗意的传递离不开丰富的感觉、意蕴节奏、意象意境。

又如《面北而居的日子》中，"家中白落下墙皮来 / 像日历般翻阅我自己 / 房间面朝北，母亲走了 / 我恳求镶我在她的来世里 / 仅做一小片墙皮，能每日看看她"。墙皮是客观事物，诗人梦想与主观的"墙皮"有机融合，通过非理性、潜意识、无意识的方式来构造一种梦幻般的想象。儿时居住的窑洞受潮，经常有墙皮脱落，母亲一遍又一遍打扫着，为家庭辛勤付出，传递出深深的母爱。而今"留着她的笔记，一个本子记着每日菜的价钱 / 记着今天鱼子打过电话 / 记着崩时间为碎渣后，捡拾收好那些记忆 / 我，曾活在她的口头记述里，出生、成长"。诗人睹物思亲，从直觉出发，通过感性的触觉以及内在的感触，表达母亲对待生活的态度。笔触真挚，饱含深情。读之，眼眶有时浸润着涟涟泪光。

这本诗集中有许多写母爱的诗，如《这把橘色轮椅》《红碱淖》《身后》《一生一思》《母亲蓝》《长大都是瞬间》《4 月 21 日》《又一秋的想念》《隐藏所》等篇，均是描写母爱之深沉和伟大。

《伸向时间里的莲蕊》中，"空堂惟思这生疼的刮伤 / 可靛蓝身影里，明明还有一个人 / 用素心静待每一次鸡鸣 / 母亲，从不想日子是虚无 / 烧炕，做饭，庭扫，抚情 / 触摸光阴走过绣缎的琴音 / 从不透一缕如泣如诉 / 道畅时乘，乐而忘忧 / 一昙昙微笑，都能唤起岩壁上钉结的古老符号一闪一烁。"诗人在叙事的抒情中渲染，时隐时现，"靛蓝身影"有象征意义，"蓝"这个意象，人们常说，蓝色代表智慧、天空、大海，"蓝"象征爱、纯洁与高雅。"靛蓝身影"还有一种特别的意味，隐藏着母亲伟大的情怀。而"木台我伏案，缝纫机前总递来她的慈波 / 日日三顿饭菜，口口送下莲蕊般恩重"把母爱写得绚丽而充盈着芬芳。

自从盘古开天地，人类生生不息地繁衍，身为女性的母亲，不知投入了多少平凡而至高无上的母爱。我们看《一切爱都唤为母亲》："泪水在不停跨越江海，在旷野横陈／九曲十八弯的黄河，流淌母亲的汁乳／我抚拎起她清灰潺彻发丝，在晶莹剔透中照见她的童稚我的童真，兴奋感驾着夜莺婉转寰宇／只有黎明，才见星星的眼睛，凝曦在空庭／曜，每灼我一下，炸裂的温暖热透行囊／我俯下身子要用膝盖助读我的深爱／母亲，皇天后土，粒粒土尘都附着在我的皮肤，糅合在我心域，我从此广博，成为第二个母亲。"这些诗句，音韵、节奏构建"母亲"博阔的大爱。这首诗引起许多读者的赞叹，充溢着形而上的意蕴。这种意蕴不单单是小我的母爱，还有黄河母亲、大地母亲对中华儿女的大爱。由此，决定了其诗歌的境界和高度。作为客体的自然黄河、皇天后土与作为主体的自我的精神同构，使这首诗有了更加深厚的底蕴。

张瑜的诗纯真、滢澈，有一种挚诚的童心。尤其是诗中诗人和儿子的对话，透视出无处不在的母子深情，如《穿越》《孤儿》《痣与疤》。诗中还能读出沉浸和简练，似乎有一种孩童般的舒缓气息在诗里弥漫。张瑜的诗中没有大声喧哗、恣意的纠结，而是仔细观察着这个世界，然后真情流淌，清澈、灵动而又带着向前冲击的爱的力量。

"艺术的境界，既使心灵和宇宙净化，又使心灵和宇宙深化，使人在超脱的胸襟里体味到宇宙的深镜。"如《云上的屋亭》："碧潭映着流云，水底石鱼沉泥／云后边亦宙际天石／都构纳时间的斑驳和睿智／一切，如云上的屋亭，无泥泞无岑寂／从未邂逅过持有答案的智者／只是屋亭无量无边／无执无念／只／静候了悟。"可以说，整部诗集内涵丰富，在有节制的抒情中折射无处不在的情思与哲理，有着无垠的对生命和生活的热爱，即使写乡路、树、风筝、豆粒……也都闪烁着诗性的感悟。

放歌边塞的赤子深情
——读王子云诗集《弱水天涯》有感

2014年10月16日的"亮丽风景线"走进额济纳作大型采风活动，使我有幸走进神秘而神圣的"东风航天城"认识航天城的作家。我曾在电视上看到航天载人飞船震撼人心的场面，而今让我感到同样震撼人心的是王子云先生的诗集《弱水天涯》。作为一个诗歌的欣赏者，我的评读可能会缺少学术味，偏重直觉性、感悟性与触动性，但是那些不经意间从我心间路过的句子，总让我莫名地心动、心醉。

王子云先生是站在中国边塞嘹亮放歌的，是一位坚守文学阵地的作家，也是蘸着血液写作的。凭着他的坚忍不拔的毅力，他从1990年代开始文学创作，在全国几十家报刊上发表了近百篇的诗歌、小说和散文作品，荣获多项大奖。作品有诗集三部《边塞风景线》《胡杨图腾》《弱水天涯》，合集《诗之新叶集》《剑魂雄风》等。他的诗，细腻、灵动又不失厚重，有声有色，唱成了一株挺拔的胡杨；他的诗，既有边塞的苍凉浑厚，又有塞北草原长调的辽阔，更有弱水起伏的娓娓深情。

诗集《弱水天涯》分三部分：源泉、阡陌、致远。细细品读，让我感受最深就是情感的真挚而浓烈，诗中流淌着对大漠、边关与航天的人文精神的赞美。

中国北疆边塞大地给了诗人不竭的创作灵感，给了他追求真知和自由的探索创新的精神动力。诗人对养育他成长的边塞和东风航天城充满了热爱。他爱这里的大漠、边关、戈壁、胡杨……对生活的敏锐观察，对人生的厚实积累，也反映在他独具魅力的作品中。于是人们看到《星城掠影》《大漠豪情》《戈壁绿洲》《走近祁连》《英灵的集结号》等厚重而精妙的文字，令读者叹奇。王子云先生以独到的理解和敏锐的目光，发掘边塞隐藏的美，发掘这片土地带给世界的启示。同时，他的诗歌呈现丰富的蕴藉，他的诗没有泛情之作。不动声色地陈述是他的拿手好戏。又如诗《高原上那声嫂子》细节逼真，画面感强，气氛浓烈，意象纷呈。细细品读："嫂子面前，立正 / 报告士兵的铿锵挺拔 / 嫂子身后，稍息 / 目光追 / 让人泛起波澜的背影 / 嘴里感叹着家乡的桃花 // 嫂子的嘘寒问暖 / 播洒在我们坚毅的背面 / 让你在脆弱的寒冷处 / 有一种依偎的温度 / 那朵笑脸 / 比站岗时头顶的皓月还皎洁……嫂子，你走了 / 高原上那句由衷的呼唤 / 显得那么空旷 / 然而我们在日子的间隙 / 仍旧要咀嚼几遍 / 醉卧沙场君莫笑 / 因为你是我们哨所 / 永远的新娘。"王子云先生的抒情方式，看似讲故事，却直抒胸臆。诗人抓住这样独具特色的画面，巧妙地将军嫂、战士之间深厚的情感从深层中呈现出来，由此获得情感的升华和诗歌结构的高潮。

诗人寻求诗歌的意境美，让精神返乡。诗人捕捉灵感和选取、提炼、酝酿、确定思想主题，其目的在于探索最富于诗意的意象表现形式。《心中热土》这首诗，通过意象的组合来表达诗人的情感，而所谓的意象就是精神意义与物质形式的组合，诗人通过石头、风、胡杨、弱水、阳光这些实物来表达精神层面的东西，因此我们通过诗人描述的事物，感知诗人内情与外景和谐完美的统一。诗人借助事物，把自己的情绪表达出来，达到意与境、情与思的相融。美的意境是诗人通过诗歌表现出来的一种的悟性，间或是一种文理相融的感觉，让读者回味无穷。"依着巴丹吉林生长的发射架 / 崛起铁铮铮的脊梁 / 是瞄向天宇的准星 / 守望飞天梦想的窗口。"（《印象航天城》）这首诗追溯历史，运用细节连缀，将"发射架""胡杨""弱水""祁连""军嫂"用饱满的语象，独特的感受，最具个性地表达出来，意象的感知和语言上的胆识令人惊叹！诗《今夜无眠》勾勒出"圆中华飞天梦"的壮美景观，诗人特别巧妙地把宏伟的场景和人们激越的心情呈现出来。没有想象的艺术思维，就没有诗歌的生命力。是的，"你一直站着 / 站得旷日持久 / 站出了追捧与学名 / 站成了秋日围观的敬仰"（《一棵树》）。富于哲理意味的小诗，淡雅中见深沉，诗歌的意象选择极为精致。类似的还有《大戈壁》《光环之外》《歌中的阿拉善》等。

一首好诗，是思想性和艺术性的完美结合。这不仅在于诗人的技巧是否娴熟，更可以透过诗句，看到他的心智、个性。《弱水天涯》这首诗是诗人对"弱水"母亲侠骨柔情的赞美和"天涯"苍茫的挚爱。作品充满震撼人心的艺术感染力，"弱水"幻化为窈窕的影子。它以戈壁肺腑的名义，铺就了一条铿锵的动脉，给苍茫大地和剽悍的延居传说以滋养。同时诗人直率坦诚地表达了他的内心世界，诗句是对"弱水母亲"的讴歌，对世界的认知，是成熟心灵的告白，不经意充满哲思和诗意，使诗人情感激情刚毅的精神层面完成了境界的升华。"巴丹吉林，大地沙哑的咽喉 / 以风语传颂着神舟的壮举 / 主题鲜明地阐述 / 一年一场风从春刮到冬 / 五八年播下的种子 / 如今已长成参天大树 / 风，伴着航天人的精神领地 / 吹拂一茬茬大漠孤旅 / 沿着弱水奔走的爱情 / 已经开花结果 / 望一眼两岸的情景 / 会让你怦然心动……你是巴丹吉林瀚海的港湾 / 是地球的边城 / 是天涯使者的家园 / 是仰望天宇闪烁的眼睛。"（《风中边城》）这种形象含蓄的比喻、这种深沉的爱使王子云的诗体现了对生活的洞察，也增添了诗歌的力量。

总之，王子云先生的诗，扎根塞上大地与生活，正如胡杨，接地气，挽留云，向上、蓬勃。

阳光拂过草原　跋

　　散文，是思绪行走的乐章，宜静处而读。

　　一杯茶、一支烟，摆脱琐事、关闭手机，徜徉进《阳光拂过草原》。

　　走过一个人的牡丹园，衔着"甜甜清香"的榆钱，在红碱淖、莲花池偶遇莲、茉莉那样清新脱俗的女子，以及北海沙滩的黑珍珠；在蒙古高原、青海湖边、普洱山下、香格里拉撞见大海、光彪那样的汉子，还有彬彬有礼的莫小北；凝视一株卑微而又倔强的瓜秧，在秋虫鸣唱声中，回忆儿时的冰车、年味，缅怀那些"扎着白羊肚手巾"的老爷爷，以及"手如铁耙"的俊美"山丹丹花"婆姨……

　　在阳光照耀下，从草原流淌出一节又一节清新、明畅抑或忧郁、悲伤的乐章。

　　拂开华美艳丽的辞藻、繁复冗杂的语序，如同吹开普洱茶杯口的氤氲，才能品尝酸辣苦甜真滋味。

　　作品阅读，约而申。

　　踏着文字、线条、音节的韵律，融入作者塑造的情境、氛围，捕捉似曾相识的片段，映射曾经沧海的体验，获得透彻心扉的感悟。是为再度创作，真阅读。

　　散文，是感悟触发的歌谣，适心动而作。

　　彩梅的散文创作，大多数基于痛楚而又清晰的人生感悟。把"在清水里泡三次，在血水里浴三次，在碱水里煮三次"的酸楚与喜悦、困惑与愁闷、束缚与挣脱、压抑与奔放，用委婉的语言淡淡地而又细细地泼洒开来，浇灌出一朵朵高原上凄婉、惆怅、倔强的野花，挤挤挨挨，"心无尘埃，突兀绽放"。

她从女人的视角，发现陕北婆姨"手如铁耙"的坚韧、善良，陕北汉子"颧骨高高凸起"的硬朗、英俊，审视亲情的冷暖、人生的际遇；发掘莲一样女子的清纯、柔美，阅读绿叶的别致、茉莉的率真；演绎"天若有情"的少妇情愫，品味梅朵的挣扎、艳妮的期怨……凡是曾经触痛过心扉的人是情非，冲破"钢筋水泥丛林"投射到山川、流水、鲜花、野草，自然而然顺势流淌、情真意切溢于言表。

散文创作，易又难。

用行云流水的文辞，表达凝练的胸臆，既可能散乱空洞，又可能无病呻吟。

有感而发、心动而作，无须华丽辞藻、华美修饰，自是优美乐章。

阳光拂过草原，孤寂的野花、闲散的牛羊，悠然自得、心旷神怡。

也许，不久的将来，暴风雨就会伴着雷电再次来临。那又何妨？风霜雨剑曾已经历！

唯冀，彩梅的人生与创作亦如是！

慕朋举

《西部散文选刊》杂志社社长